박형근

1980년 서울에서 태어났다. 재즈 드러머

Jazz Art School & Studies에서 재즈 드럼을 전공했다. 숭실대
학교 문예창작학과를 졸업하고 성균관대학교에서 예술학으로 석
사 학위를 받았다.

재즈곡, 가요 등의 작곡과 Jazz Gig, Recording Session으로
활발하게 활동하고 있으며 커피를 아주 좋아한다.

2014년 소설집 《나의 20인치 다크 K 라이드 심벌즈》, 음반
《OPEN THE DOOR》를 발표했다.

내면의 칠드런

박형근 소설집

휴엔스트리

차례

/: 벽우碧雨

나는 깜깜한 밤에 눈을 뜨게 되었다. 언뜻 무엇에 놀라 깨어난 것인데 다름 아닌 비였다. 그것도 폭우였다. 창을 정말로 세차게 두드리고 있었다. 안창을 열었으나 한밤중에 밖이 보일 리 없었다. 유리 하나를 사이에 두고 나는 소리로 미루어 빗방울 각자의 굵기를 상상하고 있었고, 그들은 자신의 온몸을 저 하늘 꼭대기로부터 내던져 분화分化하고 있었다.

한동안 그렇게 우두커니 서서 창에 비치는 내 부스스한 얼굴을 바라보다가 담배를 찾아 불을 붙인다. 담배를 중간까지 피웠을 무렵, 나는 빗줄기 속에서 무슨 소리가 섞여 들리고 있음을 깨달았다.

「음. 음. 음.」

허밍과도 같은 소리가 미, 솔, 라, 하면서 여리게 빗소리에 섞여 내 귀를 자극하고 있다. 밖을 내다보며 확인하고 싶었으나 쏟아지는 비 때문에 차마 창을 열지 못하고 안절부절못하는 와중에 소리는 어디론가 사라졌다.

*

아침 날씨는 화창했다. 베란다 난간 사이로 채 떨구지 못한 물방울 몇 알만이 간밤의 비를 증거하고 있다. 집 앞으로 나 있는 왕복 이 차선의 도로는 이미 다 말라 물기를 찾아볼 수 없었고 어제의 비로 오히려 청소가 되어 깔끔한 길로 탈바꿈해 있었다.

나는 어젯밤, 비에 섞여 오던 허밍을 생각하며 컴퓨터의 전원을 켰다. 이메일을 확인하던 중에 미이에게서 전화가 걸려왔다.

「선배 오늘 저녁에 시간 있어요?」

　　　　　　　　　　　　내면의 칠드런

「오늘 무슨 요일이지?」

「월요일.」

「음, 아직까지는.」

「그게 무슨 말이에요. 있으면 있다, 없으면 없다.」

그녀는 내게 오후 여섯 시 그루비나잇 오케이? 오케이, 하고 혼자 묻고 답하면서 전화를 끊었다. 그녀는 요즈음 그 나이 또래 중에서 소위 잘나가는 재즈 피아니스트였고 갑자기 연주자가 펑크를 내는 바람에 급하게 드러머를 찾은 것이었다.

벽시계를 보니 열 시가 조금 지나고 있었다. 미이에게 전화를 걸었다.

「예. 어제 비 많이 오던데요. 미솔라 미솔라요? 선배 꿈꾼 거 아니야.」

그녀는 말끝에 기묘한 웃음까지 흘리며 전화를 끊었다. 아, 여린 세기의 허밍이었다고 얘기해 주는 것을 잊었다. 실례를 무릅쓰고 다시 전화를 했다.

「미이야.」

「선배, 나 바빠. 이따 얘기해요. 쏘리―」

나는 그녀의 이름 두 자를 불러놓고 아무 말도 못 한 채 전화를 내려놨다. 미이. 그녀와 나는 재즈를 시작한 시기도 비슷했고, 학교 기수로 따져도 동기지만, 유독 내게 선배라는 말을 쓴다. 가끔 술자리에서 얘기한 기억이 있으나 그녀는 그때마다 그냥 얼버무리며 넘어가곤 했다. 그녀의 이름 또한 특이한데, 이름에 미희는 많아도 미이는 좀처럼 만나기 힘들다.

아름다울 미美에 이어 무엇을 갖다 붙였을까. 이르다, 다르다, 옮기다, 의심하다. 어느 것을 놓아도 미를 받쳐 주지 못한다. 직접 물어보지 않아 이렇게 추측만 가끔 해 볼 따름이다.

나는 담배를 피워 물며 피아노 뚜껑을 열고 어제 들었던 미솔라를 한 음, 한 음 아주 긴 루바토로 누르고 또 눌러 보았다. 그러면서 따라 부른다. 미이, 소올, 라아아. 미이, 소올, 라아, 미이.

내면의 칠드런

미이. 내가 미이를 만난 것은 군에서 제대하고 그 이듬해에 복학한 뒤였다. 뒤늦게 학교에 들어간 나는 입학과 동시에 군에 입대했던 것이다.

다섯 시가 조금 지나서 나는 그루비나잇에 도착했다. 이곳에 세팅된 드럼은 낡아 언젠가 연주할 때 약간 힘들었던 기억이 있다. 계단을 오르려는 찰나, 빵- 하는 경적 소리와 함께 날렵하게 주차장으로 미끄러져 들어가는 흰색 라세티. 미이다. 나는 올라가다 말고 미이가 세워 놓은 차 쪽으로 걸어갔다. 사이드미러를 통해 그 모습을 보았는지 미이는 차를 주차해 놓고도 내가 걸어가는 동안 차에서 내리지 않았다. 운전석 창문을 두드리자 창이 내려가면서 선배, 잠시 탈래요?, 라고 한다. 그러지, 뭐.

그녀는 창문도 내리지 않고 담배를 피우고 있었는데 그 덕분에 차 안이 혼탁하고 콧구멍과 목이 따끔따끔해 짜증이 났다.

「창문 내리면 안 되니.」
「이 노래 끝나면 나가요. 그때까지만 참아주세요.」

오디오에서는 키스 자렛의 유 돈 노우 왓 러브 이즈
You don't know what love is가 흘러나오고 있었다.

「왜, 올라가서 피우지 않고. 커피도 마시면서. 커피와
담배가 어울리는 계절이라고.」

「선배, 나 여기 연주 올 때마다 안에서 담배 피우는
게 싫어요. 물론 커피는 좋아하지만.」

「무슨 뜻이야.」

「여기 사장 아들 있잖아요.」

「응.」

「매일 출근하는 건지 나 연주 있을 때 오는 건지, 아
무튼 올 때마다 마주치는데, 연주 전에 늘 테이블에 앉
아 커피를 마시면, 물론 담배도 피우면서요, 은근하게
제 주위를 서성이며 저를 관찰하는 거예요. 뭐, 그럴 수
도 있겠다 싶었는데 그게 반복되니까 괜히 불쾌하더라고
요. 웃기죠?」

독특한 사내임에는 분명하다. 남자란 동물은 그러나
조금씩 다 그런 본성을 가지고 있다. 하지만 미이에게 이

내면의 칠드런

말까진 하지 않았다. 언젠가 나도 여행 중에 비행기 안에서 처음 본 승무원의 뒤를 무작정 따라간 적이 있었으니까. 그 뒤로 한동안 제복에 대한 환상에서 벗어나지 못해 하교하는 교복의 무리를 아이스크림과 담배를 번갈아 빨면서 바라보곤 했던 기억이 있다.

연주는 정확히 여섯 시부터 시작되었고 피아노 트리오의 구성이었고 베이스 연주자는 처음 보는 사람이었다. 비밥을 빠른 템포로 연주하고 있으면서도 나는 머릿속으로 연신 미, 솔, 라를 되뇌고 있었다. 그러다가 조금 더 느리게 루바토로 풀어서, 미이ー, 소오올, 라아아⋯⋯.

스테이지가 끝나고 내려와 앉자마자 종업원이 하이네켄을 세 병 가져왔다.

「선배, 요즘 바빠요?」

「왜?」

「한가한 거 같아서, 아니, 여유 있는 것 같아서.」

「그래?」

「아니, 연주가 옛날보다 느긋해진 것 같아서요.」

나는 하이네켄을 단숨에 절반 이상 목구멍으로 밀어
넣었다. 그리고 냅킨으로 입 주위를 닦아내고 나서도 한
참을 뜸 들이다 대뜸, 생각났다는 듯 말을 했다.

「미, 솔, 라. 때문에 그런 거야. 아니, 미이, 소올, 라
아아. 미이 말이 사실이라면 난 정확히 어젯밤부터 여유
로워지게 된 셈이지.」

그녀는 고개를 갸우뚱했다.

「그래, 그 꿈은 거기서 끝이었나요?」

그녀는 내가 아까 거푸 전화를 걸어가며 주워섬긴 말
들을 꿈이라고 단정 짓고 있었다. 하긴 그런 폭우 속에
서 그것도 삼 층인 내 창문 앞까지 두둥실 떠올라 노래
를 불러 주겠는가.

그날 이후로 그곳, 그러니까 그루비나잇의 월요일 여
섯 시의 드럼을 내가 두드리게 되었다.

삶이란 한번 놓고 다시 잡으려고 하면 잘 잡히지 않

는 법이다. 그러므로 고단하다고 하여 손아귀에 잡힌 놈을 함부로 놓아준다거나 버려버린다거나 하면 안 된다. 언제 다시금 그놈이, 그러니까 삶 말이다, 손에 다가와 잡혀 줄지 모를 일이기 때문이다.

월세와 공과금과 식비와 담뱃값을 충당하기 위해 수입이 있어야 할 텐데, 그런 연유로 나는 일주일에 삼 일을 학원에서 드럼을 가르치고 있었다. 고정적인 수입이 있어야 하는 것이다. 또 다르게 말하자면 많음과 적음을 떠나서 일정한 수입이 있으면 생활의 테두리를 결정할 수 있게 된다. 학생에게 무언가를 설명하고 있을 때 미이에게서 전화가 걸려왔다. 손목시계를 보니 목요일이었다.

「선배, 저예요.」

나는 학생에게 양해를 구하고 복도로 잠시 나왔다. 내친김에 담배까지 피워 물고 한술 더 떠 자판기에서 커피까지 뽑았다.

「응, 왜.」

「오늘 시간 있어요?」

「아, 나 오늘 학원 때문에 늦게 끝나는데.」

「몇 시요?」

「열 시 좀 넘어서. 오늘은 땜빵 못 갈 것 같다. 미안해.」

나는 지레짐작하고 먼저 거절을 했다. 그러나 그녀의 목적은 대타 드러머를 구하는 것이 아니었다.

「그냥, 오랜만에 얼굴 한번 보자는 건데 뭘 그렇게 거절부터 해요.」

거절은 거절이었다. 월요일, 정확히 사 일 전 저녁 여섯 시부터 일곱 시까지 같이 연주까지 해 놓고선 오랜만에 보자고? 때에 따라선 그럴 수도 있겠다. 잠시 말문이 막혀 서로의 숨소리만 듣고 있을 때 그녀가 먼저 말을 해 왔다.

「제가 명동에서 쇼핑하고 광화문 쪽으로 차를 몰고

가는데 맑던 하늘이 차차 흐려지더니 비가 주룩 내리기 시작하더라고요. 왜 선배, 비 얘기하지 않았어요. 갑자기 그게 떠올라서…….」

잊고 있었다. 그래. 밖에 비가 오나 보다.

「미, 솔, 라. 미, 솔, 라였어.」

나는 들릴 듯 말 듯 작은 소리로 읊조렸다.

「네?」
「아, 아니야. 그럼 늦겠지만, 이쪽으로 오지 그래. 나도 담배를 피우며 커피를 마시는 네 모습이 몹시 보고 싶어.」

그녀는 자지러지게 웃으며 그러겠다고 한 뒤 잠시 사이를 두고 전화를 끊었다.
수업을 끝내고 밖으로 나오니 그새 비가 그쳤다. 많이 올 비는 아니었나 보다. 하늘을 무심코 바라보니 건물 꼭대기 높이까지는 푸르다가 그 위로는 까마득히 검은색이었다. 별은 보이지 않는다.

손목시계는 열 시 반을 가리키고 있었다. 나는 서둘러 지하도를 통해 금강제화 매장 앞으로 갔다. 누구든 종로에서 약속이 있다면 가장 먼저 떠올리는 곳일 터이다. 나는 이전까지 늘 종로에서 누군가를 만나야 할 때마다 종로서적 앞을 고집하곤 했다. 하지만 지금은 없어져 그곳을 고집할 명분을 잃어버렸다.

종로 서적은 요즘 흔히 볼 수 있는 대형 서점과는 좀 다른 곳이었다. 층층이 곳곳, 오밀조밀한 구석마다 아주 오래된 책 냄새가 스며 있는 곳이었다. 식육점에서 생고기를 주욱 진열해 놓은 것 같은 초대형 서점에선 절대 그런 그윽한 향이 나지 않는다. 이런 시시콜콜한 생각들을 하며 금강제화 쇼윈도 앞에서 나처럼 누군가를 기다리는 누구들과 함께 나란히 서서 담배를 피워 대고 있었다. 그런데 좀처럼 미이는 나타나지 않았다.

이제 금강제화 앞에 서 있는 사람은 나 혼자였다. 원래 열 시 반이면 누구를 만나기에는 늦은 시간이었다. 전화를 하고 싶었지만 악착같이 참으며 십 분을 더 버티어 꼭 기다린 지 삼십 분을 채우고서야 나는 그녀에게 전화를 걸었다.

그녀는 그날 전화를 계속 받지 않았고 약속 장소에도 나오지 않았다. 나는 그렇게 열한 시 반까지 하릴없이 서 있었다. 마음이 황량해지는 느낌이었다. 어디 국밥집에 가서 뜨끈한 국물로 배를 채우고 싶었다. 배스킨라빈스를 지나 에스콰이어를 지나 계속 걸어 미스터 피자를 끼고 우회전하여 가끔 들르던 순댓국집으로 막 들어가려는 찰나, 내 이마 위로 찬 기운이 묻어났다. 나는 들어가려다 주춤하며 하늘을 올려다봤다. 겨울의 밤하늘은 얼마간 푸르고 얼마간 검정이었으며 그때 내 얼굴 위에는 점점이 빗방울이 묻어나고 있었다.

*

순댓국에 혼자서 소주를 두 병 마시고 만취한 상태로 나는 택시에 실려 짐짝처럼 널브러져 안암동으로 실려 왔고, 어떻게 집에 들어왔는지도 기억에 없이 옷도 벗지 않고 그대로 잠들었다. 이 일련의 과정은 내가 다음 날 눈을 뜨고 그대로 누워 곰곰이 생각해 내린 결론이었다. 단편적인 기억들 중간중간은 모른다, 로 요약되어 있는데 그것은 아무도 모를 일인 것이다. 살면서 잊는 것들이 참 많다는 것을 나는 이런 방식으로 가끔씩 깨닫곤 한다. 택시에서 내려 차가 들어올 수 없는 주택가 골목을 지나오는 동안의 일들 말이다. 때로는 잊고 싶어도 잊히지 않는 게 있다.

그날 그렇게 엉망이 된 이후 나는 아무 연락도 않은 채 그다음 주 연주를 펑크 내었고 예상대로 그녀에게서는 가타부타 연락이 없었다. 나는 목요일 저녁부터 뜻 없이 허둥대고 있었다. 그렇게 한동안 그녀를 기다리며 금강제화 앞에 서 있던 나를 기억하며 힘든 날들을 보내고 있었다. 그러는 사이 겨울이 가고 봄이 왔다. 그루비나잇의 월요일 여섯 시도 나 아닌 다른 드러머가 풍악을 울리고 있을 것이다. 나는 왜 겨우내 그녀가 나오지도 않은 흔한 약속을 못 잊어 끙끙 앓았던 것일까. 아무튼, 봄은 봄이다. 지난겨울부터 나는 성당에 나가기 시작했고, 나가던 학원을 그만두고 학교 오 년 선배가 전임으로 있는 전문대학의 강사가 되어 있었다.

예술 계통이 다 그렇듯이 이 바닥도 한 다리 건너면 다 알 만큼 좁은 세계인지라 나는 원하지 않아도 가끔 그녀의 소식을 전해 듣곤 했다. 대학에서 강의를 하면서 연주도 상당히 많이 하는 모양이었다. 그녀도 내 소식을 근근이 듣고 있을 것이다.

4월로 접어들면서 꽃이 피는 여정처럼 내 온몸은 근질거리기 시작했고 나의 흡연량은 하루 담배 반 갑에서 한 갑 반으로 늘어나 있었다. 술을 거르는 날도 드물었다. 나를 강사로 추천한 선배가 나의 이상 기운을 감지했는지 넌지시 말해 왔다.

「안 풀리는 거 있니. 인마, 일이 해결되기는커녕 네가 그전에 먼저 죽겠다. 몸 축나는 짓 작작해. 사는 건 말이야, 스윙 같은 거야. 통통 튀어야지. 그뿐이냐. 물 흐르듯 매끄러워야 하는 거야. 느려지고 빨라지고는 중요한 게 아니야. 결국은 모두 한곳으로 모여 끝나게 돼 있어. 한곳으로 말이야. 재즈의 테마처럼 말이지. 아무리 솔로를 잘하고, 아웃으로 빠져 별짓을 다 하더라도, 결국 곡을 끝내려면 다시 테마의 멜로디를 연주하지 않을 수 없듯이. 그래서 일생 그러잖아. 일생一生.」

그는 일어나면서 의미심장한 말을 한마디 덧붙이고
는 강의실로 들어갔다.

「물론 한곳으로 모이려면 같은 곡을 연주하고 있어야
겠지만.」

어떻게 통통 튄란 말인가. 그것도 매끄럽게 말이다.
빠름과 느림은 또 무슨 말인가. 자판기에서 커피를 뽑아
벤치로 걸어가다 말고 다짜고짜 미이에게 전화를 걸었
다. 속도가 아무리 상관없다고 해도 하염없이 기다릴 수
는 없는 것이다. 전화를 걸면서 송신음이 지루하게 이어
졌다.
그녀는 한참의 발신음 끝에 전화를 받았다. 반년
만의 통화였다.

「나야.」
「……. 네, 선배. 오랜만이네요.」

그녀의 목소리는 사막처럼 황량했다.

「전화 줄 줄은 몰랐어요. 제가 선배한테 너무 큰 잘
못을 했어요.」
「지금도 하고 있지.」

내 입에서 마음에도 없는 말이 불쑥 튀어나왔다. 나
는 급속도로 자제력을 상실하고 있었다. 내가 미처 다른
말을 내뱉기도 전에 그녀는 삼청동 끌레 저녁 일곱 시,
라는 일방적인 약속을 해버린 뒤 전화를 끊어 버렸다.
지독히도 맑은 4월의 봄 하늘이었다.

*

수업을 끝내고 황급히 지하철역으로 뛰었다. 퇴근 시
간의 2호선은 만원이었고 그렇게 사십 분을 고단하게 서
있었다. 5호선으로 갈아타고 광화문에서 내린 뒤 택시를
잡아탔는데 이게 화근이었다. 한국일보사 앞에서 좌회
전을 받은 택시는 국립 민속 박물관 앞에서 아예 멈춰버

렸다. 진선 북 카페 앞에서 2차로가 1차로로 좁아져 병목 현상이 일어나고 있었다. 이 길이 늘 이렇다는 것을 깜빡했다. 시계를 보니 일곱 시 정각이었다. 택시 요금을 지불하고 내려, 나는 뛰다 걷다를 반복하면서 약속 시각에서 꼭 십 분을 초과하여 끌레 문을 열었다. 월요일이라 그런지 사람들은 많지 않았다. 둘러보니 그녀는 아직 당도하지 못한 것 같았다.

나는 이곳 특유의 골동품 패치카 앞의 제일 넓은 자리를 차지하고 앉았다. 연주를 하면서 여러 재즈 클럽을 돌아다녔지만, 이곳만큼 고풍스럽고 푸근한 곳은 보지 못했다. 사장은 나를 못 알아보았다. 이곳에서 삼 년 전에 얼마간 연주를 한 기억이 있다. 이곳은 그때와 비교해 변한 것이 별로 없었다. 고장 난 세발자전거와 하이네켄 병으로 만든 장난감 트럭과 야마하 피아노도 그대로였다.

속이 쓰리고 냉랭한 느낌이 있어 잭 다니엘을 샷으로 주문했다. 연이어 담배를 두 대 피우고 난 후 커티 샥으로 바꿔 스트레이트로 두 잔이나 더 비웠는데도 그녀는 나타나지 않았다. 이미 여덟 시였다. 피아노와 드럼 위에

매달려 있는 낡은 스피커에서는 엘라 피츠제럴드의 나잇 앤 데이Night and day와 카운트 베이시의 조르두Jordu가 연이어 흘러나오고 있었다. 내가 알기엔 조르두는 원래 듀크 조던이라는 피아니스트의 곡이다.

내가 있는 곳 왼쪽에 마주 앉은 젊은 남녀는 아까부터 한참이나 디지털카메라로 카페의 이곳저곳을 플래시까지 터뜨리며 찍어대다가, 그 뒤부터는 서로를 찍어 주더니 그다음에는 서로 부둥켜안고 함께를 찍었다. 사람이란 동물의 습성일까. 공간에서 타인으로, 그리고 자신으로. 그리고 그것이 모두 안전하며 합당하다는 판단이 들면 그제야 함께가 성립되는 것이다. 그래서 관계라는 것은 매우 어려운 명제다. 특히 남녀관계라면 더더욱 그렇다. 금수들처럼 암수 한 쌍을 발정기에 우리 안에 가두어 놓고 교배를 시킨 다음 호돌이와 호순이가 부부가 되었습니다, 라고 하면 끝나는 간단한 문제가 아니란 거다.

아홉 시부터 나는 아예 커티 샥을 병으로 시켜 놓고 연거푸 스트레이트로 마셔대고 있었다. 안주도 없이 말이다. 마침 스피커에서는 쳇 베이커가 연주하는 마이 퍼

니 발렌타인^{My Funny Valentine}이 나오고 있었고 나는 이것
다 마시면 발렌타인을 주문해야겠다고 내심 다짐하고 있
었다. 나는 기어코 그녀가 나타나길 기다릴 심산이었던
것이다.

사장이 보다가 안 됐는지 과일 접시를 슬쩍 내 테이
블에 밀어 놓고 사라졌다. 귤과 사과와 파인애플이다.
나는 그것 중에서 파인애플을 하나 집어 먹으면서 셋 다
각각 철이 다른 과일인지 아닌지를 고민하고 있었다.

그러던 와중에 그녀가 들어와 내 앞에 앉았고 늦었어
요, 라고 짧게 사과인지 아닌지 분간할 수 없는 말을 던
져 놓고 있었다. 나는 어리둥절하게 순식간에 일어난 과
정을 되짚어가면서 급하게 사과 한 쪽을 입으로 밀어 넣
었다. 그래, 그녀는 내 앞에 와 있는 것이다. 묘한 감정에
휩싸여 나는 이성을 잃어가고 있었다. 반면 내 앞의 그
녀는 차분하게 앉아 내가 지쳐가고 있는 꼴을 찬찬히 바
라보고 있었다.

「두 번이나 이런 식이야.」

　　　　　　　　　　　　내면의 칠드런

그녀는 일언반구 대꾸가 없었다. 무슨 생각을 하고 있는 걸까.

그녀 또한 해야 할 말이 있기에 이곳까지 나온 것이다. 그러나 그녀는 말이 없다. 또 한동안의 침묵이 흘렀다. 그녀는 테이블 위의 양주병만 응시할 뿐 여전히 처음 그 자세 그대로 앉아 있다. 내가 제풀에 지쳐 또 말문을 열었다. 대뜸 나온 말이지만 진정이었다.

「내내 그리웠어.」

「진심인가요.」

그렇다고 끄덕거리며 또 사과를 집어삼킨다.

「그건 그날 제가 하고 싶은 말이었나 봐요.」

「하지만 당신은 그날 그곳에 오지 않았지.」

「그래요 맞아요. 선배는 늘 무던하고 침착한 사람이잖아요.」

「그런가.」

「하지만 지난가을부터 선배가 무척 섬세하고 예민한

사람이란 걸 알게 된 거예요. 평소에 알지 못했던 것을 감지하게 되고 나니 그게 사랑이라 여겨지더군요.」

그래, 그런 것이다. 관계란 것은. 그녀는 오랜 침묵 끝에 입을 열었다. 요컨대 이쪽 마음을 모르는 상태에서 먼저 마음을 드러낼 수 없던 것이다.

그녀는 그동안 그루비나잇의 사장 아들이라는 사람과 만나 왔으며 나름대로 괜찮은 때도 있었다고 했다. 아직 젊은 나이이니 무엇을 해도 괜찮을 때가 있는 법이다. 그런데 그녀가 그를 선택한 주요인은 마음이 아니었다. 나는 그것에 그녀에게 매우 실망했다. 이것 또한 관계의 문제고, 욕망이 그 관계 간의 교집합이라는 것이 또한 문제다. 그는 그녀에게 음반 발매를 돕겠다며 접근했다. 약간 저질스러운 취미가 있지만 핸섬하고 여유 있는 삼십 대 초반의 남자. 그녀는 관계를 받아들인 것이다. 교집합이 절대 합집합은 아니라고 자위하면서. 그러나 대개 그런 경우엔 여자 쪽이 손해 보는 경우가 많다.

「미안해요.」

내면의 칠드런

미안해요. 미안하다는 말은 쉽게 내뱉어서는 결코
안 되는 말이다. 그 말 속에는 행위에 대한 암묵적인 회
피의 성질이 다분하기 때문이다. 나는 이미 상처를 입고
있었다. 그리고 만취해 있었다. 혀가 꼬이는 것을 앙다물
며 나는 또박또박 물었다. 내 딴에는 마지막 물음인 셈
이다.

「그날은 왜 오지 않은 거지?」

스피커에서는 키스 자렛이 연주한 유 돈 노우 왓 러
브 이즈You don't know what love is가 흘러나오고 있다. 언젠가 그
녀의 차 안에서 담배 연기와 함께 듣던 바로 그 곡이다.

그날 쇼핑을 끝내고 제 오피스텔로 가 주차를 할 때였
어요. 그 사람이 있었죠. 주차장에서 언제부터 기다렸는
지 알 수 없었죠. 집은 또 어떻게 알아냈는지 모르겠어
요. 나름대로 치밀한 구석이 있는 사람이었어요. 처음엔
당황했지만 그럴 수도 있다고 생각했어요. 자리는 커피
숍으로 옮겨졌고 저는 이 사람이 날 마음에 두고 있다고

믿고 말았죠. 그 와중에 음반 얘기도 나왔는데 그게 그 사람의 수단이라는 생각까지 할 겨를도 없이 이미 거절할 수 없는 조건이었어요. 선배를 꼭 보고 싶었어요. 하지만 고심 끝에 발길을 돌린 거예요. 지오다노 앞에서 말예요. (지오다노라면 금강제화와 횡단보도 하나를 사이에 두고 있는 곳이다.) 그날 비가 그렇게 내릴 줄 알았다면 저는 선배에게 절 받아달라고 했을 거예요. 여하간 저는 그날 처녀를 상실했어요. 그때 내 몸의 물기를 닦아내면서 아차 싶었어요. 늘 저지르고 수습히는 몹쓸 습관 같은 거요. 재즈처럼 무리하게 솔로를 벌려 놓다가 순간 어찌어찌 수습하며 테마로 돌아들어 가곤 하는 것들이요. 다시 돌이킬 수 없는 것들도 있다는 것을 발견한 거예요. 눈물이 피처럼 끈적거려요.

끌레에서 본 날 이후 이틀 만에 그녀가 보내온 이메일의 내용이다. 그날 그녀는 왜 오지 않았느냐는 나의 물음에 끝내 아무 말도 하지 않고 가버렸다. 나는 그녀를 잡거나 쫓아가지 않았고, 그런 행동이 얼마간 죄책감으로 치환돼 있었던 며칠이었다. 메일을 받아놓고 나는

내면의 칠드런

냉정하게 그녀를 단념하고 있었다.

5월에 중간고사 채점이 다 끝나갈 즈음 미이가 프랑스로 유학을 간다는 소문이 돌았다. 혼자가 아니라는 말도 있었다. 그날 저녁 나를 학교에 취직시켜 준 선배가 술을 샀다. 뭐 좋아하느냐고 묻기에 생식이면 다 좋다고 대답했다. 두 시간 후 우리는 참치 회를 앞에 두고 청주를 홀짝거리며 마시고 있었다.

「야, 너 나랑 음반 하나 하자.」
「왜 접니까?」

따지듯이 물었다. 따지자면 감지덕지다.
선배는 이미 피아노 트리오로 1집 발매 경험이 있는, 이젠 중견 재즈 피아니스트다. 그런 사람이 써 준다니 감지덕지할 수밖에.

「난 물론 가끔 듣지만 네 스윙이 좋더라. 뭔가 여유 있으면서도 꽉 조여드는 느낌이랄까.」

나는 아이스크림같이 흰 참치의 어느 부분인가를 고추냉이가 잔뜩 들어간 간장에 찍다 말고 웃었다. 그러고는 이렇게 되받았다.

「일생 아니요, 일생一生.」

선배는 영문도 모르고 따라 웃었다. 그렇게 통통 튀는 스윙 리듬처럼 우리는 삼겹살집과 노래방과 포장마차로 튀어 다녔고, 마지막으로 순댓국밥집에서 나는 선배에게 술기운에 부탁을 하고 있었다.

「형! 그 음반에 내 것도 하나만 넣어 주면 안 될까?」
「너, 뭐 있어?」
「응. 나 하나 있어. 미, 솔, 라.」
「미, 솔, 라?」
「응. 미이~, 소올, 라아아아아…….」

선배는 씨익 웃으면서 내 잔에 술을 가득 부었다.

「대신 이 순댓국은 네가 사라.」

밖으로 나오니 첫차인 듯한 702번 파랑 버스가 정차역을 무시하고 도로 중앙을 쏜살같이 내달리고 있었다.

*

다시 가을이다. 시월 중순에 녹음을 하기 위해 청담동에 있는 스튜디오로 가는 도중에 차 안에서 때아닌 비를 만났고 첫 가을비라는 것에 문득 마음에 소요가 일었다. 창밖으로 하늘을 올려다보니 눅눅한 푸른빛이 짙어지고 있는 찰나였다.

그날 아홉 곡 중에 다섯 곡의 작업을 마쳤으며 선배는 미솔라는 언제 가지고 올 거냐며 채근했다.

그날 밤 나는 꿈에서 옛 신라의 한 여인이 아무도 없는 포석정의 한가운데에서 춤을 추는 것을 목도했다. 그녀는 팔소매에 길게 늘어진 비단 천을 나풀거리며 왼쪽으로 한 바퀴를 돈 다음 오른손과 왼손을 번갈아 뻗어올리며 자태를 뽐내고 있었다. 참으로 신묘한 꿈이다.

잠에서 깬 나는 노트와 볼펜을 찾아 쥐고 맨 윗줄에
이렇게 적었다.

중임무황태.

양악 표기로 하자면 도레미솔라가 된다.

그리고 그 밑에는 이렇게.

미, 솔, 라.

중은 도와 같고 무는 미와 같으며 태는 라와 같다.
라레도라솔, 미솔라.

그렇게 크리스마스를 다 넘기고서야 음반 녹음이
끝났고, 신년 구정이 지나고야 시중 매장에 전시될 것
이었다. 내가 만든 곡의 제목은 벽우碧宇였다. 푸를 벽에
비 우.

*

십이월의 마지막 날 나는 동숭동에서 연주를 마치고
안암동에 있는 작업실로 향하다 문득 무슨 느낌에 사로
잡혀 부모가 살고 있는 안양으로 핸들을 돌렸다. 워낙
단출한 데다 내가 따로 나와 살면서부터 각방을 쓰다시

피 하는 것을 부러 모른 척하고 있었던 것이 가끔 마음
에 걸릴 때가 있다.

도착했을 때에는 이미 자정을 넘기고 있었다. 주차장
에서 올려다본 집 창문에서 뿌옇게 빛이 새어 나오고 있
었다. 현관문을 열자, 큰소리가 끊이지 않고 있었다. 차
마 들어가지 못하고 현관 앞에서 주저하다 도로 내려와
택시를 잡아타고 안양 일번가로 나왔다. 심야를 얼마간
홀로 때우려면 바^{Bar}가 적격이다. 간판만 보고 고른다는
것도 우스운 일인지라 눈에 드는 아무 곳으로 들어갔다.

들어가 스탠드에 앉고 나서야 이곳의 이름이 스텝스
이고 그리 크지 않은 바에 꽤 많은 바텐더가 있음을 알
게 됐다. 잭 다니엘을 온더록스로 시켜 놓고 담배를 피
워 물자 내 앞에 두 명의 바텐더가 다가와 있었다. 누구
와 이야기를 나눌 기분이 아니다. 그래서 그저 술잔만
바라보며 이런저런 공상에 빠져 있었다. 가끔씩 서로 눈
이 마주치다 말다를 반복하다 결국은 그네들이 말을 걸
어온다. 어쩌면 당연한 일이다. 직업이니. 잠시 뒤에 둘
중 하나는 다른 쪽으로 자리를 옮겨갔다. 나는 남아 있
는 이에게 필요 없다고 얘기했으나 맹숭맹숭 웃으며 맥

심 머그잔을 두 손에 감싸 쥐고는 대뜸 이렇게 얘기하는 것이었다.

「그래도요, 심심하잖아요. 정육점 같은 곳에 혼자 있으면요.」

나는 눈을 동그랗게 뜨고 나도 모르게 그녀를 올려다본다. 내둥 맹숭맹숭한 웃음. 내 표정이 재미있다는 눈치다. 난데없는 말이지만 나는 어렴풋이 그녀를 이해하고 있었다. 그리 많지 않은 나이로 보이는 여인의 입에서 뱉어져 나온 말이라니.

나는 나도 모르게 그때부터 그녀와 말을 나누기 시작한다. 어깨만큼 내려오는 웨이브 살짝 진 머리를 설레설레 흔들며 이것저것을 얘기하는 그녀를 나는 보송보송 내리는 고운 눈송이를 바라보는 경외로운 눈빛으로 하염없이 올려다보고 있었다. 그녀의 양 볼에는 보조개까지 있다. 순간 나는 당황스러움을 감추지 못하여 그녀의 수트 사이에서 반짝이고 있는 벽빛 목걸이로 시선을 떨어뜨렸다.

「손님. 뭘 그리 생각하세요. 제 얘기, 하나도 안 들으신 거죠?」

나는 아니라며 겸연쩍게 사과를 하고 있었다. 아닌 게 아니라 눈송이 같은 그녀의 얼굴에 살짝 패인 두 우물에 물기가 촉촉하게 고여 드는 것도 같았다. 그렇다면 수안水顔이다.

어느덧 그녀는 얘기의 화제를 돌려 비雨에 대해 말들을 하고 있었다. 비나 눈이나 같은 분자로 이루어져 있으니 결국 자신의 얘기를 하고 있음일까. 그러나저러나 주객이 전도되어 내가 이야기를 들어주는 꼴이다. 뭐, 아무려면 어떤가. 이 추운 겨울 한가운데에 외롭지 않으면 그만이다.

그녀는 커피를 홀짝이며 많은 말들을 쏟아 놓는데 중간중간에 간간이 그녀의 이력도 섞여 흘러나왔다. 이를테면 부산에서 홀로 학교에 다니다 귀경했고 나이는 스물셋. 이름은 혜란이며 동생이 하나 있다는 것 등등. 비에 관해 얘기를 하는데 이런 것들이 왜 거론이 되었는지 모르겠다.

그런 식으로 나는 새벽 네 시까지 그녀가 부리는 비를 맞다가 어느 순간 한기를 느끼며 서둘러 옷을 챙겨 입고 있었다. 더는 이곳에 머물다간 점점 굵어지는 빗줄기에 젖어 지독한 감기를 앓을 수도 있는 것이다. 나는 허둥대고 있었다. 그녀는 그것을 아는지 모르는지 벌써 가느냐고 물어왔다. 빗물을 털어내기엔 너무 늦은 것도 같다.

계산을 하면서 그녀는 이렇게 말했다.

「얼굴 잊어버리기 전에 들르세요. 그땐 손님 이름도 알려 주시고요.」

그랬던가. 내 이름을 말해 주지 않았다. 나를 바라보는 그녀의 눈가가 희미하게 떨리고 있었다. 그녀도 비에 젖어 추운 것일까.

「또 들르죠. 그러지 않을까 싶습니다.」

계단을 내려와 건물의 입구에 우뚝 섰다. 거리에는 비가 화염처럼 내리고 있었다.

나는 느릿느릿 담배를 피워 물며 한동안 그렇게 비를 목도하고 있었다. 눈도 아닌 겨울비다. 비는 정말 세차게 그리고 하염없이 아스팔트로 쏟아져 부서지고 있었다. 나는 비에 젖어 누군가를 떠올렸다. 그러고도 한참을 그렇게 서 있다가 기어이 다시 계단을 올라갔고 그녀는 적이 당황하며 몸이 굳었으며 내가 끝나는 시간을 묻자 그제야 옷을 갈아입고 나와 동행하게 된다. 나는 혜란이라는 여인과 함께 우산도 없이 비를 맞으며 시내 한복판으로 걸어나갔다. 온몸이 비에 젖어 떠는 목소리로 그녀는 내게 뜻 모를 말을 던져 왔다.

「이 수많은 빗방울은 결국 다 한곳으로 모여 합쳐지겠지요? 결국은요.」

빗속에서 눈에 쏟아지는 빗물을 훔치며 고개를 돌려 보니, 혜란은 꿈속에서 본 신라 여인과 꼭 닮아 있었다.

*

이듬해 여름, 나는 안암동의 내 작업실에 앉아서 프랑스발 소인이 찍힌 엽서를 한 장 받았다. 그 엽서 앞면은 푸른 하늘과 포도밭이 5:5 비율로 찍힌 사진이었으며 뒷면에는 단지 이렇게 쓰여 있을 뿐이었다.

　Rain, I Want. The Rain of the Blue Sky.

- 完 -

2: 마이 페이버릿 씽

1

　　　　　　　　　뒤집혔다. 연주하고 있던 음악
이 마디가 어긋난 채 흘러가고 있었다. 멤버들 모두 이상
한 점을 감지했지만, 묵묵히 연주하고 있었다.

　연주하고 있는 곡은 리처드 로저스의 마이 페이버릿
씽My Favorite Thing이었다. 내 느낌으로는 4분음표 하나의
길이만큼 당겨져 있었다. 브레이크 이후의 찰스톤 피겨
섹션에서 피아노가 쉼표를 꽉 채우지 못하고 급하게 치
고 들어온 탓이었다. 이 재즈팀의 리더이기도 한 색소폰
이 두어 번 내 쪽을 돌아봤다.

　음악은 계속 어긋난 채로 흐르고 있었고 정작 실수
를 한 피아노는 인상까지 써 가면서 음악에 몰입하는 척
했다. 내가 한 박자만 당겨 주면 그만이었다. 때때로 여

러 번을 그런 식으로 맞춰 들어가곤 했다. 맞고 틀리고
는 내겐 중요한 것이 아니었다. 전체적인 앙상블이 중요
했다. 하지만 오늘은 그렇게 하고 싶지 않았다. 이미 리
더의 눈총으로 이 음악을 망친 사람은 내가 되었으며
잘 맞춰 주고 끝나도, 또 그렇지 않아도 욕을 먹을 것이
었다.

'따, 당─' 하면서 정확히 4분음표 하나의 차이로 곡
이 끝났다. 대기실로 내려갔다. 리더는 잔뜩 화난 군대
내무반 분대장의 표정으로 잔소리를 했다. 한겨울 새벽
에 시동을 건 차에서 튀어나오는 쇳소리 같았다. 슬쩍
피아노를 돌아봤다. 쉬는 시간에 나오는 소시지와 감자
튀김을 연신 입으로 밀어 넣고 있었다. 이쪽은 이쪽이
알아서 해결해라, 뭐 그런 표정이었다.

「선배님, 제가 잘못 들어간 게 아닙니다.」

내가 평소와 달리 말 문을 열자 피아노의 얼굴이 순
간 일그러졌다. 입에 감자튀김을 집어넣고 오물거리던
채로.

내면의 칠드런

내가 다시 입을 열려고 하자 피아노가 벌떡 일어서며, 들릴 듯 말 듯, 변명한다고 뭐가 바뀌나, 라고 내뱉고 대기실을 나가 버렸다. 분위기가 탁해졌다.

연주를 그만두겠다고 말했다. 대충 분위기를 감지한 리더는 특별한 코멘트 없이 고개를 끄덕이며 담배를 피워 물었다.

기존에 있던 피아니스트가 리더와의 트러블로 나가 버리고 새로 합류한 이 피아니스트는 귀국한 지 얼마 안된, 소위 해외파였다. 졸업장과 자존심만 들고 들어온 모양이다. 나는 연주에서 양보하고, 연주인 대접에서 양보하다, 이젠 일까지 양보하게 되었다.

그렇게 내게 남아 있던 마지막 연주 자리가 없어졌다. 서른의 중반 즈음에 직장인으로 치자면 무직이 되어 재즈 클럽을 나왔다. 그리고 아내에게서 걸려온 전화를 한 통 받고 담배를 피워 물었다. 하늘을 올려다보니 유난히 맑은 밤하늘이었다.

그렇게 연주도 갔고, 아내도 갔다.

2

수채물감 번지듯 교정은 서서히 붉게 채색되고 있었다. 대학에 입학한 첫해의 가을 축젯날, 나는 같은 과 동기들과 어울려 대운동장 무대에서 하는 동아리 록밴드의 공연을 봤다. 중고등학교 시절부터 가요만 따라 부르던 내게 록 음악은 몹시 신선하게 다가왔다. 거친 기타 연주와 힘차고 절도 있는 드럼의 사운드가 나의 가슴을 붉게 물들였다.

곧바로 그 동아리에 가입하게 되었다. 악기 중에서 제일 멋져 보이는 드럼을 선택했다. 엉망이었지만 열심히였다. 수업도 들어가지 않고 동아리방에서 악기를 연습하곤 했다. 드럼이란 악기의 경험은 짜릿했다. 2학년으로 올라가던 해에는, 동아리 동기들과 함께 유명 밴드의 음악을 제법 흉내 내어 연주할 수 있을 정도가 되었다.

혜화동의 대학로 페스티벌의 일환으로 서울 시내 대학 연합 밴드가 단체로 공연하게 되었다. 그곳에서 아내를 보았다. 그녀는 돈암동에 위치한 여대의 록 밴드 동아리에서 보컬리스트를 맡고 있었다. 호리호리한 몸에 검은색 블라우스와 청바지를 입고 긴 생머리를 휘날리며 HOLE의 셀리브레이트 스킨을 열창하는 그녀가 그

내면의 칠드런

날 이후로 오랫동안 잊히지 않았다.

대학 동아리에서 배운 드럼 덕에 운 좋게 군악대에 입대하게 되었다. 내가 상병으로 막 진급하던 달에 후임병이 들어왔다. 그는 재즈 드럼을 전공하는 녀석이었다. 록 드럼만 치던 내게 재즈의 스윙이라는 리듬은, 대학 입학 후 록 음악을 알게 된 것보다 몇 배의 희열로 다가왔다. 스윙 리듬은 내가 흔히 연주하던 록 음악과는 달랐다. 좋고 나쁘다거나 수준의 차이가 있다는 것이 아니라 내게 그랬다는 말이다. 악보에 갇혀 정형화된 연주만 하던 나에게 바운스가 넘치고, 플레이에 있어서 자유스러운 코디네이션과 음악적인 다이내믹의 선택권이 전적으로 연주자에게 부여된 재즈라는 음악은 충격이었다.

틈이 날 때마다 후임병을 앉혀 놓고 재즈에 관해서 얘기를 듣거나, 한가한 주말에는 재즈 드럼을 연주하는 법을 배우곤 했다.

제대하고 나자 내 나이는 스물여섯에서 딱 두 달이 모자랐다. 인생에 있어서 승부를 봐야 하는 시기라고 느끼고 있었다. 고심 끝에 휴학을 하고 재즈를 전문으로 가르치는 기관에 입학했다. 음악을 배우는 2년 동안, 수업을 듣는 시간 이외에는 연습실에만 틀어박혀 나를 몰아붙이고 있었다. 전역한 직후라서 가능한 일이 아니었을까. 일어나면 세수도 하지 않고 나와 연습을 했고, 자정이 마감 시간인 지하의 연습실을 늘상 경비 아저씨와 함께 문을 닫으며 나오곤 했다. 2년 만에 수료하고 소위 말하는 재즈판으로 뛰어들었다.

삼청동에 있는 재즈 클럽에서 연주하기 전에 멤버들과 모여 커피를 마시고 있었다. 이곳에선 매주 수요일에 연주를 한다. 그 날따라 비가 오는 날씨였고, 주말도 아닌 터라 클럽 안에는 사람이 많이 들지 않았다. 커피를 거의 다 마셔갈 무렵에 커플 한 팀이 기웃하며 클럽 안으로 들어왔는데, 여자 쪽이 왠지 낯설지 않게 느껴졌다. 1부 연주가 다 끝나도록 힐끔힐끔 그녀가 앉아 있는 테이블을 훔쳐보다가 기어코 기억이 났다.

몇 년 전 대학로에서 함께 공연한 록 밴드의 보컬리스트였다. 미묘한 감정에 휩싸여 연주를 마치고 나서, 그녀에게 아는 체를 할까 고민하고 있는 와중에 등 뒤에서

내면의 칠드런

말을 걸어왔다.

「연주가 참 좋아요. 너무 잘 듣고 갑니다.」
「아, 네, 감사합니다.」

그녀였다. 남자는 계산을 하고 있었다. 간혹 이렇게 인사를 하고 가는 손님이 있다. 그녀도 그런 면에서는 적극적인 사람인가 보다. 나는 눈치를 보다 슬쩍 말을 건넸다.

「그쪽의 노래도 무척 좋았습니다.」

그녀는 깜짝 놀라면서 대답을 찾는 눈치였다.

「예전에 대학로 대학 동아리 페스티벌에서 뵌 적이 있지요.」
「아, 그때 그럼?」
「네, 그때 그쪽 노래하는 모습이 아직도 가슴에 남아 있습니다.」

너무 무모한 말을 내뱉은 것일까. 약간 후회하면서 카운터를 보니, 남자는 계산을 끝내 놓고 이쪽을 응시하고 있었다. 그녀가 무슨 반응을 보이기 전에 나는 내처 말을 이었다.

「남자 친구분인가 봅니다.」
「아니에요, 이제 두 번째 만나는 거예요.」

그 말에 나는 딱히 대답할 말을 찾지 못하고 그녀를 바라보고만 있었다. 그러다 그녀가 그럼, 이라고 꾸벅 인사를 했고 나도 그 정도로 받았다. 그들은 어색한 걸음으로 클럽을 나갔다.

그리고 그다음 주에 그녀를 다시 보았다. 이번엔 혼자 와 있었다. 그 날부터 그녀와 나는 만나기 시작했다.

아내는 불문학을 전공하고 교사 임용 시험을 무사히 통과해 고등학교에서 불어를 가르치고 있었다.

노래는, 이라고 연애 시절 한 번 물어보았을 때 아내는 피식 웃으면서 노래는 무슨, 이라고 대꾸했다. 당신은 하고 싶은 게 뭐야, 라고 물었을 때, 그녀는 잠시 생각하

내면의 칠드런

는 제스처를 취하고는 잘 사는 거? 라고 했다. 나는 다시 제일 좋아하는 거는? 이라고 물었다. 기억으론 그때 그녀는 이 질문에 대답하지 않았다.

월드컵이 끝나고 난 이듬해부터 공연 예술 쪽으로 자본이 물밀 듯이 밀려들어 왔고 정권이 바뀌고 경기가 바닥을 친다 어쩐다 해도 공연은 점점 늘어났다. 각종 페스티벌과 연말에 호텔이나 기관 등에서 하는 송년 디너 쇼 몇 건만 건지면 다음 해 상반기를 나름대로 넉넉하게 보낼 수 있었다.

재즈 씬에서도 어느 정도 자리를 잡았고, 나름대로 연주만으로 생활을 영위할 수 있다는 판단이 섰다. 그해 아내와 혼인했다.

3

아내가 집에서 짐을 빼고 나서야, 내 삶에 큰 문제가 발생해 있다는 것을 뼈저리게 깨닫고 있었다. 텅 빈 옷장과 없어진 자잘한 가구들의 난 자리가 눈에 띈다. 아내는 자신의 것이 아닌 것은 단 한 가지도 가지고 가지 않았다. 위자료나 기타 등등의 어떤 권리도 요구하지 않았다. 단지 이혼 서류에 도장을 찍어 줄 것만을 원했다. 나와 헤어질 수 있다면 그 어떤 손실도 상관없다는 것인가.

그러나 그녀가 이혼을 결정한 저변에는 다른 이유가 있었다.

언제부턴가 아내는 아이를 가지고 싶어 했다. 그녀는 나의 수입의 불확실성에 대해 충분히 이해하고 있었다. 아내가 비교적 안정적인 직장을 가지고 있었기 때문에 나도 그 부분에서 내 직업에 대한 부채감을 덜 수 있었다. 하지만 아내가 아이 얘기를 꺼내고부터 둘 사이에 문제가 생기기 시작했다.

아내는 많든 적든 내 수입이 일정하길 원했다. 그리고 들쑥날쑥한 내 생활 패턴도 어느 정도 정돈했으면 하는 눈치였다. 내 자유분방한 시간 관념과 더불어 기능을 제대로 못 하는 결혼 생활을 정상적인 가정으로 만들려는 시도였다. 아이가 생기면 나의 책임감을 환기할 수 있으리라 생각했던 것이리라.

그때, 나는 그런 의도를 제대로 판단하지 못하고 있었다. 아니, 그리 깊게 생각하지 않았다는 말이 옳겠다.

나는 그 시점에서 별다른 토를 달지 않고 아직 아닌 거 같아, 라고 짧게 대답하고 넘겼는데, 이 말이 아내에겐 치명적이었던 것이다. 그 뒤로 아내는 나를 생각 없는 사람으로 몰아붙이기 일쑤였고, 사랑이 있다, 없다 따지는 식의 다툼은 까마득한 수준까지 치닫기에 이르렀다.

그렇게 실평수 15평짜리 코딱지만 한 집에서 각방을 쓰다시피 지내오다가, 묘하게 내가 마지막으로 부여잡고 있던 재즈클럽의 연주를 그만둔 날, 아내가 전화를 걸어, 다른 말 말고 그만 끝내자고 통보해 왔다. 전화기 너머로 들리는 목소리는 담담했다. 그녀의 마음은 다 정리가 된 것인지, 애써 태연한 것인지 구분할 수 없었다. 담담한 목소리에 질려 있다가 겨우 안 돼, 라고 한마디 하고 전화를 끊었다.

어쩌면 내겐 전부인, 삶의 큰 의미 둘을 잃은 상실감에 나는 사춘기 소년처럼 갈피를 잡지 못하고 있었다. 멍하게 앉아 있는 시간이 늘어났고, 집은 정리되지 않은 채 방치되어 있었다. 담배만 피워대다, 지쳐 누워 잠들었고, 일어나 씻지도 않고 무기력하게 앉아 있곤 했다. 며칠이 지났는지 알 수 없었다. 폐허 속에 낙오된 패잔병처럼 터덕터덕 시간을 흘리던 나는 처가가 있는 구미에 내려가 봐야겠다고 겨우 생각을 정리하며 담배에 불을 붙였다. 그때 전화가 걸려 왔다. 알고 지내는 피아니스트였다. 재즈 뮤지컬 반주를 해 보지 않겠느냐는 제안이었다.

「작품도 괜찮고, 차트 보면 알겠지만, 음악도 허당 아니야. 내 얼굴 봐서 합류하지? 대박 나서 연장 들어가면, 몇 년 동안 계속 가는 거야, 지장처럼.」

그 말에 나는 되는대로 수락의 뜻을 전했다. 전화를 끊자마자, 허기가 몰려왔고, 그 느낌은 내 삶이 아직 무너지지 않았다고 전하는 누군가의 노크처럼 다가왔다.

아내에게 알리면 집으로 돌아오지 않을까 하는 희망이 생겼다. 적어도 석 달간은 안정된 수입과 일정한 생활 패턴을 유지하게 될 것이니까. 이 일이 조금 빨리 들어왔더라면 아내가 집을 나가는 일은 모면할 수 있지 않았을까 하는 생각을 잠시 했다. 아내의 휴대폰이 죽어 있었다. 처가로 전화를 넣었는데 장모가 받았다. 아내를 바꿔 주지 않았다. 일이 들어온 사정을 어찌어찌 얘기하고

내면의 칠드런

여건이 되면 내려가겠다고, 그간 아내의 마음이 수습된다면 올라왔으면 한다는 말을 전했다. 장모는 긴 한숨을 토하고 잠시 있다가 전화를 끊었다.

작품은 미국에서 80년대에 대 히트를 한 뮤지컬이었는데 컴퍼니의 대표가 야심 차게 투자를 한 모양이었다. 국내 초연이라는 메리트가 이 작품을 더 빛나게 하는 광고 수단으로 이용되고 있었다.

캐스팅된 배우들의 면모도 화려했다. 극예술 쪽으로는 문외한인 나조차도 한두 번 들어 이름을 알고 있는 이들이었다. 공중파 드라마에 출연 중인 배우도 있었다.

내가 받은 차트는 160장이었다. 테마와 주변 곡들이 섞여 반복적인 연주를 하는 것이 아니라, 씬마다 새로운 주제곡이 배치되어 있었다. 쓱 훑어보니, 나름대로 재즈의 스탠스를 취하고 있었다. 다만 뮤지컬이라는 특성 때문에 즉흥 연주는 배제되어 있었다. 작품 자체로 충분히 의미 있는 작업이 될 수 있을 것 같았다.

거대 기업의 총수가 사는 도시를 배경으로 설정해 놓고 살인 사건을 추적해 가는 내용이다. 역사가 깊은 음악당을 허물고 고층의 건물을 지으려는 기업의 총수와 음악당의 무대에서 피아노를 연주하고 싶었던 평생의 꿈을 지닌 어느 피아니스트의 살인에 대한 미스터리를 푸는 작품이었다. 작품의 숨은 묘미는 음악당과 피아니스트, 그리고 꿈이라는 아이템을 놓고 그 시대의 미국의 자본주의의 폐해를 해학적으로 전달하고자 하는 것이었다. 비르투오소Virtuoso가 되고 싶었던 피아니스트는 허름한 공항 근처의 라운지 바에서 20달러를 받고 유행가를 연주하는 피아노맨으로 전락해 있었다. 살인 사건을 추적하던 탐정은 우여곡절 끝에 살인범의 흔적을 발견하게 된다. 추적 끝에 단서들이 피아노맨의 꿈과 음악당을 둘러싸고 배치되어 있다는 것을 발견한다. 피아노맨의 음악 속에서 탐정은 오히려 자신이 가지고 있던 오랜 트라우마를 극복하게 되고, 결국 범인이 누군지 밝혀내지만 모르는 척 덮어 준다는 내용이다.

라이선스이긴 했지만 요즘 우리 사회의 상황과 묘하게 맞물려, 기획 의도가 어떠했는지 또한 공연 쪽 프레스의 관심을 샀다.

개봉 2주를 앞두고 극장 리허설에 돌입했다. 그때부

턴 악기팀도 매일 출근을 해야만 했다. 하루하루가 돈인
만큼 모두 예민해져 있었다. 그렇게 합을 맞춰 나가던 중
에 컴퍼니의 대표가 불쑥 극장으로 왔다. 연출은 객석의
중앙에 앉아 리허설을 체크하다가 대표를 보고, 고개만
까딱하고 다시 무대로 눈을 돌렸다. 연출과 대표는 두
칸의 자리를 사이로 앉아 있었다. 그 사이엔 뭔가 안 좋
은 기류가 흐르고 있는 듯했다.

1막의 중간 부분의 앙상블을 돌리고 있었다. 탐정이
죽은 기업 회장의 집으로 조사하러 가는 장면이다. 그는
그곳에서 오래전 연인을 만나게 된다.

「내가 애기하는 곳은, 골프 클럽 저 너머에, 소득세
도 저 너머에, 골드 스트리트~ 돈이 썩고, 시간은 남고,
왕은 자기 성안에 높은 분들이 몰려 있는 골드 스트리
트!~」

타이트한 스윙으로 연주되던 음악이 루바토로 풀어
지면서 탐정이 과거에 잃었던 여인을 만나는 장면으로
전환된다. 고급 콜걸이 되어 있는 여인에게 다가가는 탐

정의 장면에서 음악은 점점 고조되어 간다.

「제인을 봤어, 카페에 앉은~ 그래, 바로 그 제인을 봤어, 10년 전 바로 그, 내 맘 속의 여인~」

클라이맥스로 치닫던 앙상블이 갑자기 중단되었다. 한껏 말렛에 힘을 주고 심벌즈의 울림을 극대화하고 있던 나는 갑자기 환해지는 극장에 깜짝 놀라며 연주를 멈췄다.

대표와 연출이 무언가 이야기를 나누고 있었다. 분위기가 그리 좋아 보이지는 않았다. 음악 감독이 커피나 마시자며 악기팀을 우르르 데리고 나갔다.

「뭐 있나 봐요.」

베이시스트가 담배를 입에 물며 음악 감독에게 물어 갔다.

「글쎄……, 뭐. 요즘 분위기 때문에 걸리는 게 있나

봐. 나도 자세히는 몰라. 우리는 연주 펑크 안 내고 잘하고 제때 돈 나오면 땡큐, 그럼 되는 거야.」

「그야 뭐 그렇죠.」

이런저런 얘기들을 하고 있는데, 배우들도 나와서 커피를 하나씩 뽑기 시작했다. 길어질 모양이다.

커피를 다 마시고 화장실까지 다녀왔는데도 아직 극장 안에선 두 사람이 말다툼을 하고 있었다. 상황이 상당히 심각해져 있었다.

「못 바꿉니다. 저도 나름대로 강짜 있는 놈입니다.」

「이봐, 대사만 좀 손 보자는 거야. 요즘 분위기 알잖아. 잘못해서 찍히면 그대로 셔터 내려야 해. 적당히 타협하면서 갑시다. 뭐 그런다고 작품이 완전히 바뀌는 게 아니잖아.」

「아니 그게 어떻게 안 바뀌는 겁니까. 완전히 다른 뉘앙스의 작품이 됩니다. 안 됩니다.」

「사람이 이렇게 융통성이 없어, 장사 한두 번 해?」

「그럼 여의도에 가 있지, 여기 있나.」

「너 말 한번 잘했다. 만약 이거 중간에 엎어지면 네가 손실 다 채울래? 그럴 자신 있으면 맘대로 해 봐, 인마.」

「스케줄 짜고 광고 때리고, 무대 셋업에 배우들 감정선까지 다 잡아 놨는데, 지금 와서 바꾸라니 말이 됩니까? 그거 다시 하는 건 손실 없습니까? 첫 공연 날까지 그거 못 맞춰요. 대표님이야말로 그거 몰라서 하시는 말씀입니까?」

우리는 잠시 듣고 있다 못해 다시 줄줄이 빠져나왔다. 작품 안에서 사회를 바라보는 시선을 날카롭게 하려는 연출의 입장은 당연해 보였다. 하지만 생활이 걸려 있는 또 다른 입장도 이해되지 않는 것은 아니었다. 내가 처한 현실도 다를 바 없기 때문에.

아내는 아직도 귀가하지 않고 있었다. 문득 이 공연의 존망이 내 결혼 생활의 향방과 직결될 것이란 불안함이 스쳤다. 여전히 아내는 전화를 죽여 놓은 상태였고, 매번 처가로 전화를 넣기도 모호한 상황이었다.

대기실 쪽으로 막 나가는데 등 뒤에서 연출이 '아이씨, 형! 그러지 좀 맙시다!'라고 소리치는 것이 들렸다. 누

내면의 칠드런

가 밥이나 먹고 오자고 했다. 밥 먹는 동안 전화가 왔고, 그대로 그 날의 리허설은 막을 내렸다.

4

아내는 늘 입버릇처럼 스마트하게 살라고 말했다. 내가 정말 우둔한 건지 아닌지 잘 모르겠다. 심지어 나에게 인제 그만 때려치우고 아무 데나 취직이라도 하라고 말하기까지 했다. 그 말이 내겐 상처가 되었다. 사회적으로 나이에 걸맞은 명함 한 장 정도가 있으면 좋겠지. 그렇다고 스마트하게 사는 것이 옳게 산다는 말이나, 잘 산다는 말과 일치하지는 않는다. 다른 이들에게는 별 볼일 없는 딴따라로 비칠 수도 있겠지만, 재즈 드러머라는 타이틀은 내겐 그 무엇과도 바꿀 수 없었다.

설익은 과일이 더 시고 딱딱하게 마련이다. 운전으로 따진다면 초보였던 시기의 내 연주가 딱 그랬다. 날카롭고 딱딱하고, 무분별했다. 어떻게 뚫고 들어가 자리를 잡은 재즈 클럽에서 1부 연주를 마치고 커피를 마시

고 있을 때, 관객석의 맨 앞자리의 앉은 중년 커플의 대
화를 듣게 되었다.

「기술은 좋은데 소리가 너무 매워, 푸근하면 좋을 텐
데…….」

나는 커피를 마시다 말고 그 테이블의 말에 귀를 기
울였다. 적어도 저들은 음악을 진지하게 들어 주고 있는
것이었다. 하지만 더 이상은 연주에 대한 언급은 없었다.
나는 그 말에 담임 선생님에게 혼난 학생처럼 주눅이 들
어 있었다. 2부 연주는 하는 둥 마는 둥 대충 때우고 허
겁지겁 짐을 챙겨 클럽을 빠져나왔다.

그 뒤로 나는 한동안 스윙의 깊이에 대해 고민했다.
여유가 있으면서도 탄탄한 스윙을 만들기 위해 끊임없이
나의 주법과 손 모양 등을 바꿔 가며 연습했다.

그때는 악기에 대한 열망 이외엔 아무것도 중요하지
않았다. 내가 하나에 그렇게 몰입할 수 있다는 것에 새
삼 놀라기도 했었다. 종일 악기와 함께 보내는 이 생활이
지루하지 않은 것을 경험하고 난 후, 난 이 일이 내 천직

내면의 칠드런

이라고 믿게 됐다. 최고의 재즈 드러머가 될 수 있다는 기대보다는 이 일이 내가 가장 잘, 그리고 오래 할 수 있는 것이라는 확신이 있었다.

악기를 잡은 사람의 본업으로써 삶을 꾸리고 싶었던 고집은, 나도 모르는 사이 나를 고립시키고 있었다. 너무 순수했던 것이다. 아니, 너무 순진했다. 하고 있던 마지막 재즈 클럽 연주까지 손안에서 벗어난 지금, 문득 생각해 보니 내 처지가 참 처량했다.

아내의 말대로 스마트하지 못하게 군 것일까. 연주 무대를 보고 악기를 잡았고, 남들보다 늦게 시작했기 때문에 더 집중했다. 전문 연주인이라는 프로필을 달고 있다면 무대에 있는 것이 맞다고 생각했다. 하지만 언젠가부터 무대는 하나둘씩 다른 곳으로 넘어갔으며, 적당한 학위가 있는 이들은 90년대 후반부터 우후죽순 늘어나기 시작한 대학의 대중 음악을 표방한 학과에 자리를 잡기 시작했다. 그 와중에도 나는 연주만을 고집하고 있었다. 절대적인 답은 없으나 좋은 음악은 관객들의 귀가 알아준다고 믿었다. 이 믿음만은 아직도 내 안에서 유효하다.

5

컴퍼니의 대표와 연출 간 다툼이 어떻게 결말이 났는지는 모르지만, 공연은 특별한 변동 없이 일정에 맞춰 개막했다. 마케팅의 힘인지, 배우들의 티켓 파워인지 잘은 모르겠지만, 뮤지컬은 시쳇말로 대박이 났다. 금요일부터 주말까지는 캐스팅을 가리지 않고 매진이 이어졌다. 3개월 일정 중, 한 달을 채 넘기시도 않았는데 벌써 연장 공연 얘기가 나오고 있었다.

공연이 한껏 물이 올라 있었다. 배우들과 악기팀, 조명팀의 호흡이, 각각 그날의 캐스팅을 가리지 않고 기가 막히게 맞아 떨어지고 있었다. 그런 앙상블의 안정감은 그대로 관객에게 전달되었다.

리허설이 끝나고 음악 감독과 옥상에서 커피를 마시고 있었다.

「내일은 조감독이 큐 낼 겁니다.」

「무슨 일 있으십니까?」

내면의 칠드런

음악 감독이 멋쩍게 웃었다.

「우리 아들 돌이라서요.」
「아, 왜 말씀 안 하시고.」
「아니, 괜찮아요. 들었어요. 미안하잖아, 괜히.」

누가 내 상황을 얘기한 모양이다. 나는 피식 웃었다.
그도 따라 웃었다. 별로 언짢지 않았다. 음악 감독이 멘
솔 담배를 하나 내밀었고, 나는 멘솔은 피우지 않지만
받아 피웠다. 공연 20분 전이었다. 음악 감독이 화장실
로 들어갔다.

옥상 난간에 기대어 물끄러미 길 건너 건물을 바라
보고 있을 때 전화가 걸려왔다. 지독히도 내 전화를 받
지 않던 아내였다.

「당신은 악기밖에 모르잖아. 결혼하고 나서 같이 잠
자리에 든 날이 며칠 안 된다는 거 당신 모르지. 난 마
주 앉아 밥 먹으면서 이런저런 얘기들도 하고 싶고 TV
채널 가지고 티격태격하고 싶었어! 출근할 땐 자고 있고,

퇴근하면 없고, 자고 있을 때 도둑고양이처럼 슬쩍 들어와서 야참 해 먹은 그릇 벌여 놓고. 그거 항상 내가 치우고 출근할 때마다 울컥했는지 알아 몰라. 무슨 일을 하든, 어떤 상황이든, 가정은 챙겨가며 해야 하는 거 맞지? 적어도 내 상식으론 그래.」

수화기 너머에서 아내는 흐느끼고 있었다. 내 삶의 행태를 합리화시키고자 존재하던 여러 이유가 도미노 쓰러지듯 우르르 넘어지고 있었다. 나는 어떤 말도 하지 못하고 그녀가 우는 소리를 무작정 듣고만 있었다. 타들어 가던 담배가 손끝에서 스스로 꺼졌다. 그러다 어느 순간 픽, 하고 저쪽에서 전화가 끊어졌다.

2막의 마지막 씬에서 피아노맨이 절규의 노래를 부를 때, 드럼에 앉아 있는 나는 심벌즈의 울림을 극대화하면서 감정선을 꼭지까지 뽑아 올려준다.

「이게, 내 꿈이었을~까. 내가 꿈꾸던 바로 그곳, 수많은 날들, 연습해 놓고 나 여기서 외롭게 연주하네, 이건,

바라던 꾸―움, 아냐……. 나의 꿈, 그 음악당, 내 모든 것…….」

심벌즈의 울림이 정점을 찍었다. 휘몰아치면서 피아노맨은 눈물겨운 노래를 탐정이 듣는 앞에서 부른다. 관중석은 숙연해지다 못해, 여기저기서 훌쩍이는 소리도 들렸다.

「막이 올라가고 수많은 시선 나를 바라보며~, 오 진실된 나의 마으음, 오 성스런 마음으로……, 최고의 쇼팽 연주자였지만, 이젠 안 쳐, 절대 안 쳐, 난 유행가만 쳐~」

악기팀 올 아웃되고 피아노만 배우의 호흡을 따라 움직인다.

「젊음과 열정으로 가득한 음악의 기쁨, 사랑의 세계, 꿈이 이뤄지기를, 꿈이……, 나의……, 꿈…….」

이제부턴 피아노 반주도 빠진다. 배우의 단독 솔로 부분이다.

「연주할 곳은 사라지고, 하루하루 내 음악도 덧없이 사라지고 이젠 남은 게 없네…….」

벌써 30회 이상 무대에서 연주했지만, 나는 피아노맨의 노래 마지막 부분에서 심벌즈를 치는 타이밍을 놓치고 있었다. 악보를 보고 있었지만, 두 눈엔 뿌연 안개만 보였다. 왠지 모를 슬픔이 가슴을 찌르르 감쌌다. 몇몇 관객들과 함께 무대의 귀퉁이에서 나도 모르게 눈물이 흘렀다.

그만큼 기대 이상의 호황이던 공연에 갑자기 제동이 걸렸다. 대표의 사정으로 안 하는 것인지, 말 못 할 이유가 생겨서 못하게 된 것인지 알 수 없었다.

스태프와 배우들, 그리고 우리 악기팀은 소위 외압이 아닐까 하는 얘기들을 분분하게 하고 있었다. 하긴, 입맛에 따라 교육 기관장까지 갈아치우는 나라가 아닌가.

내면의 칠드런

하지만 아무도 정확히 공연이 엎어진 이유를 알고 있지 않았다. 대표는 그렇게 됐어요, 정도로 넘기고 지나가곤 했다.

마지막 공연이 끝나고 뒤풀이를 하는 자리에서, 대표는 말없이 소주만 들이켜고 있었다. 반면 연출은 배우들과 앉아 담배 연기와 함께 열변을 토해내고 있었다.

「예술계가 제 목소리를 못 내면 어떻게 하느냐고! 이거 지나치게 문제 있는 거 아냐? 그렇잖아. 이거 하면서 나름 얼마나 버틴 줄 알아? 내 개인적으로는 무척 의미 있는 작업이었어. 늬들은 안 그래? 안 그래?」

이미 술이 연출을 먹어버렸다. 그가 토해낸 말들은, 역시 그의 입에서 뿜어져 나온 담배 연기에 섞여 맥없이 이리저리 흩어져버렸다.

그래, 내 입장에서도 매우 의미 있는 작업이었다. 또 다른 의미의 내 삶을 잃었다. 아내에게 전화를 걸었지만, 받지 않았다. 무심결에 내뱉은 한숨에서 소주 냄새가 훅, 하고 올라왔다.

6

나는 아직도 날마다 상상의 나래를 펼친다. 어느 재즈 클럽에서 은은한 조명을 받으면서, 노래가 막 시작되기 직전에 라이드 심벌과 스네어 드럼을 손으로 가만히 쓸어 보는 모습을 떠올린다. 나는 검은색 와이셔츠와 약간 해진 청바지를 입고 있다. 그리고 랜드로버 스타일의 구두를 신고 있다. 셔츠의 소매는 한 두어 번 접어 올리는 게 좋다. 피아노를 응시하며 사인을 기다린다. 피아노가 손가락을 튀기며 카운트를 짧게 하고는 스윽, 인트로를 친다. 느긋하게 음악의 흐름을 관조하다가 베이스와 슬쩍 눈을 마주치고 나서, 피아노가 펼쳐 놓은 세계 안으로 들어가 음악에 색칠을 한다. 부드러운 터치로 시작해서 종국의 클라이맥스로 피아노가 앙상블을 몰아가면 나는 눈을 감고 감각에 의존해, 느끼는 그대로 스틱을 휘두르며 사운드를 광활하게 만들어간다. 베이스의 솔로 부분으로 접어들면, 스틱을 브러시로 바꿔 잡으면서, 옆에 있는 맥주를 한 모금 찔끔 마신다. 사브작, 하는 브러시의 사운드는 또 다른 방향으로 음악을 이끌어간다. 음

내면의 칠드런

악이 서서히 가라앉고 서서히 무대의 조도가 낮아지면, 깊은숨 한 번을 쉬고 관객들의 시선을 받으며 한편으로 터덜터덜 걸어 내려온다. 한 손엔 송골송골 물기가 올라 있는 먹다 남은 맥주병을 들고.

7

연출은 대학로의 코미디극을 맡아 하고 있었고, 대표는 예전에 독일에서 받아 온 학위로 대학에서 극예술을 가르치고 있었다. 뮤지컬을 계기로 교분이 쌓인 배우들도 저마다 새로운 작품을 잡아 리허설을 하고 있었다. 그동안 나는 아내와 이혼했다. 아내는 완강했다. 결국 사람은 바뀌지 않는다는 것이 그녀의 결론이었다. 나는 차마 그 말에 토를 달 수 없었다.

계절이 하나 바뀌었다. 아내가 떠나고 난 뒤부터의 나는 여전히 그대로였고, 연주가 잡히지 않은 뮤지션의 자존심은 가랑비에 옷 젖듯이 눅눅해져만 갔다.

삼십 대 중반이 다 되어 가는 이 시점에서 나는 그

무엇도 없이 다시 원점으로 돌아가 있었다. 다만 연습량은 조금 늘어나 있었다. 문득 연습실에 있기가 답답해져 밖으로 나왔다. 4호선 전철을 타고 대학로에 도착해 알고 지내는 동료 연주자에게 전화했지만 받지 않았다. 연주 중인가, 생각하면서 하릴없이 거닐다 문득, 재즈 음악이 귀에 스쳤다. 마이 페이버릿 씽My Favorite Thing이었다. 그 음악의 출처는 내가 마지막으로 연주했던 재즈 클럽이었다. 잠시 망설이다 들어가니 매니저가 나를 알아보고 반갑게 맞아 주었다. 무대에서는 처음 보는 젊은 뮤지션들이 연주를 하고 있었다.

바에 나란히 서서 무대를 바라보고 있었다. 직원이 오렌지 주스를 한 잔 가져다주었다.

「마이 페이버릿 씽이군. 저거 옛날 사운드 오브 뮤직에서 여주인공이, 마리아였던가, 가정 교사로 채용된 첫날, 천둥 번개에 놀란 아이들을 달래기 위해 불러 주던 노래 맞지?」

「그랬나요, 본 지가 너무 오래돼서.」

「왜, 그거 보면 말야, 아이들을 따뜻하게 감싸 주고

내면의 칠드런

챙겨 주는 수녀였던 여자. 있잖아요. 푸근한. 누구나 꿈꾸는 온전한 삶을 완성시켜 주는.」

그 말에 나는 히뜩 그를 돌아봤다. 뭐라고 대꾸하기가 어려웠다. 매니저가 무대를 응시한 채 물어왔다.

「김 형, 요즘은 어디서 연주하길래 우리 가게는 오지도 않아요?」

「제발 어디든 불러 주면 좋겠습니다. 일이 없어서 너덜너덜해지겠어요.」

「저 친구들 막 대학 졸업하고 모여 만든 팀이라던데, 김 형 보긴 어때요?」

「뭐, 좋군요.」

「요즘 퓨전한 거 말고, 정통 말야, 그거 많이 없어. 김 형이 하나 꾸려서 올래요?」

「제가요?」

「김 형도 이젠 후배들 챙길 나이지. 내가 자리 하나 비워 놓을게.」

「글쎄요.」

「그러지 말고, 안 바쁘면 나랑 소주 한잔 합시다. 이것만 다 보고 나가지.」

계단을 내려온다. 잠시 대학로의 시끌벅적한 소리는 사라지고, 나는 볼에 닿는 찬바람만을 느끼고 있었다. 잠시 뒤 등 뒤에서 매니저가 어깨를 툭, 쳤다.

- 完 -

3:   내면의 칠드런

그는 평소엔 쓰지 않던 일기를
한 장 썼다.

요즘 자주 이상한 꿈을 꾼다. 누군가 자꾸 나를 부르는 느낌이 인다. 꿈속엔 내가 없는데 그들은 어딘가로 나를 계속 부른다.

아프다. 마치 이른 저녁부터 담배를 잊고 잠든 다음 날 아침, 믹스 커피에 담배 한 대 피우고 났을 때 가슴 팍에 오는 쇼크처럼 그냥 몸속 깊숙한 곳이 무겁게 아프다.

첫 번째 꿈

나는 초등학교 본관 앞마당에 있다. 날씨는 늦은 봄

처럼 푸근하고 사위는 밝다. 푸르르다. 행복하다. 느낌엔 80년대 후반이다.

나는 건물을 빙그르르 돌아 뒷마당으로 간다. 뒷마당 한쪽에는 변소가 있다. 작은 창고 정도의 크기, 콘크리트 구조물. 그 건물은 출입문이 없다. 건물 양쪽이 트여 있다. 나는 잠시 망설이다 오른쪽 출입구로 슬쩍 들어간다. 난 혼자다.

이 변소는 수도가 설치되어 있지 않다. 건물의 한쪽 벽은 소변을 보는 곳이다. 변기가 따로 설치되어 있지 않다. 벽에다 오줌을 누면, 그 오줌이 벽을 타고 바닥으로 내려오고 옆으로 나 있는 긴 도랑을 따라 흘러간다. 도랑의 마지막 부분에는 하수구가 있다. 다른 쪽엔 대변을 보는 곳이 있다. 문은 초록색이고 나무로 만들었다. 문이 하나, 둘, 셋, 넷, 네 개다.

벽과 바닥, 구석구석 누런 오줌 떼가 찌들어 있다. 냄새가 진동을 한다. 나는 다시 뒤를 돌아, 벽에다 대고 오줌을 눈다. 시원하다.

오줌을 다 눈 뒤 뒤를 돌자, 대변을 보는 변소의 문들은 온데간데없고 아주 거대한 하수 처리장이 보인다.

내면의 칠드런

정방형의 콘크리트 구조물 아래로 빨간색도 아니고 검정색도 아니고 갈색도 아닌 색의 물이 차 있다. 나는 나가는 통로를 찾을 수가 없었다.

신기하게도, 난 그곳이 낯설지 않다. 나는 한동안 그 자리에 서서 하수처리장을 바라보고 있다.

*

그는 오늘만큼은 7시에 일어나지 못할 것이라고 생각했었다. 어제 늦은 밤에 치킨에 맥주를 3캔이나 했다. 옛날부터 그는 밤에 먹는 것을 좋아했다.

무언가에 대해 결심을 한다는 것은 어렵다. 마음이 아프다. 그는 많은 것들에 대한 단상을 종종 잊는다. 그는 그 말고도 세상엔 참 뻔뻔한 사람들이 많다고 생각했다. 그는 이따금씩 사람들을 만나기 전부터 말로 해선 안 될 경우를 미리 걱정하곤 한다. 그는 정말 그런 걱정을 하고 살고 있다.

누구든지, 지칠 때면, 솔직해져야 한다. 그냥 삼키는 사람들이 많다는 것을 그도 잘 알고 있다.

그는 그의 사무실에서 창밖을 내다본다. 그는 12년 동안이나 매일 같은 뷰를 보고 있다. 가만히, 낮은 소리로 병신, 이라고 읊조린다.

어떤 일이건 열심히 하면 다 길이 있는 걸까? 그는 이것이 게임이라고 생각했다. 12년 동안 게임만 해 왔다. 그가 버티고 있는 건물의 환경이 그랬다. 피하고 싶다. 다 때려치우고 싶다.

다 생까고 살까. 그는 문득 자신이 매우 하찮은 존재가 된 것만 같다. 게임의 승자는 정해져 있다. 난 꼭대기 층을 점령할 수 없다.

아주 잘 아는 이성인 이와 치킨이나 먹을까. 오전에 퇴근한다고 뭐라고 하면 어떻게 하지? 낯선 이를 만나 술을 마실까? 낮부터 술 마신다고 하면 어떻게 하지?

멀리서 정수기 터빈이 부르르 떨더니 멈춘다.

가식적인 사람들은 보기 싫다. 그는 둘에게 문자를 넣었다가 거절당했다. 노르웨이산 연어가 먹고 싶다. 싱싱한. 고추냉이를 개서 휘저은 진간장에 찍어서. 청주 한 잔 하면서.

그는 더 이상 짜증스런 말들이 듣기 싫다. 그냥, 수고

내면의 칠드런

했어, 고마워, 하면 되잖아. 머리가 간지럽다. 머리 감기 싫다. 귀찮다. 위층에 있는 얼굴을 잘 아는 이가 와서 무슨 말들을 부려 놓고 간다. 그는 말문이 막힌다. 그는 그가 뭘 잘못했는지 모른다.

사람은 늘 자기가 먼저다. 어쩔 수 없다. 그는 문득 그냥, 주차 아르바이트나 서빙 아르바이트가 하고 싶다고 생각한다.

그냥 차를 타고 어딜 훌쩍 가 볼까. 발이 선뜻 떨어지지 않는다. 그는 혹시 허송세월 하고 있는 것은 아닐지 두렵다. 아무도 그를 인정하지 않는다고 그는 생각한다.

변명, 질투, 시기, 회피, 그 어떤 말로도 위로 되지 않는다. 지금은. 그 어떤 말로도 위로 되지 않는다. 어떤 식으로 접근해야 할까. 그걸 어떻게 알아?

「내가 신도 아니고!」

그의 입에서 매우 오랜만에 숨이 말이 되어 나온다. 그는 잠깐 주변을 살핀다. 커피를 마셔 볼까. 그는 그냥 섹스가 하고 싶다고 생각한다. 그러다가 샤워하고 싶다고 생각했다. 중국 영화가 보고 싶다고 생각했다. 무협 만화가 보고 싶다고 생각했다.

그냥 위층의 얼굴을 잘 아는 이와 한잔할까? 그러다 도리질을 친다. 그는 요즘 수면 부족이라고 느낀다. 24시간 동안 잠만 잘 수는 없을까 궁리한다.

다음 날, 그는 12년 동안 그랬던 것처럼 같은 뷰를 내려다보고 있다. 브레히트 연극 코스프레도 아니고. 지겹다. 지겹다. 지겹다. 지겹다. 지겹다. 지겹다.

말! 말! 말! 말! 말! 을! 하! 라! 고!

하긴, 이건 그 혼자만의 생각이니까.

왜? 왜? 왜? 왜? 왜? 혼자 해 보면 안 되는 거니?

그는 더 이상 위층의 얼굴을 아주 잘 아는 이에게 맞춰 주기 싫다. 그는 지금 본인의 상태가 생각하는 것보다 더 심각하다고 느낀다. 정말 이대로 괜찮은 것일까.

그는 위층의 얼굴을 아주 잘 아는 이가 그에게 애써 상냥한 어조로 얘기를 시작하지 않으면 좋겠다고 생각한다. 어차피 목소리 커질 것 다 안다.

그는 요즘 귀를 자주 후빈다. 실은, 아주 오래전부

터 자주 그런다. 새끼손가락으로 후빈다. 쾌감이 있어서
좋다.

그는 다음 날, 역시 똑같은 뷰를 내려다보고 있었다.
그는 시쳇말로 초식남처럼, 언젠가 조용하게, 아무 의무
도 없이 살아 보고 싶다. 가끔 외로우면 이 사람, 저 사
람 불러서 놀고.

「그래 본 적이 없잖아!」

또, 말이 되어 나와 버렸다. 눈치 보지 않고 살고 싶
다. 그에게 남은 건, 누구누구는 사교가 약하니까.

그래도 그는 끝까지 잡고 있으면 될 줄 알았는데, 그
냥 잡고만 있었던 걸까. 그는 불현듯 짜증이 인다. 그가
있고 그의 책상이 있고 그의 명패가 있고 그의 체어가
있는 층엔 여러 부류의 인간 군상이 있다.

그는 업무에 있어서 항상 직관적인 것을 무시했다.
혹은 폄하했다. 그래서 얻는 것도 있으나, 실은 관계에
그리 도움이 되질 않았다. 그는 지배 구조의 카테고리에

포함된, 정말 완벽하게 정형화된 인간이다. 그 혼자만, 그가 독특하다며 남들과 다르다고 여겨 왔을 뿐이다. 그리고 그는 정말 많은 사람들이 그렇게 생각하고 살 것이라고 확신했다.

점심은 뭘 먹을까. 사무실 아가씨, 아저씨들은? 모두 소화 불량이다. 그는 사람들을 둘러본다. 아무도 그를 진심으로 바라봐 주지 않는다. 돼지고기 약간과 피망, 버섯, 양파 볶고 된장찌개 어떨까? 편의점 도시락으로 대충 때우는 사람들.

위층의 얼굴을 아주 잘 아는 이하고는 어디서부터 어긋난 걸까. 유리 밖으로 내려다보이는 버스는 공중도덕과 법질서를 무시하고 달린다. 길모퉁이에서 막 두 걸음 움직인 여자 하나가 그 버스에 치였다. 그 장면은 생동감이 없다. 그가 있는 곳까지 소리가 되어 올라오지 않는다. 아쉽다.

이제 그의 시야엔 버스만 보인다. 치인 여자는 버스 아래 있다. 조금 있다가 구급차가 왔다. 머리끝까지 천을 덮는 것을 보니 여자는 죽었다.

다음 날, 그는 역시, 여전히, 같은 뷰를 보고 서 있다. 그에겐 싫어, 라고 말할 수 있는 용기가 필요하다. 이 시대엔 흔하지만, 너무 흔하지만, 그는 말할 수 없는 말.

의식하는 순간, 비틀어진다. 그냥 내뱉자. 타협하지 말고. 그는 이렇게 되뇐다. 그와 동시에 그의 언어의 빚이 늘어났다.

그는 지금 이 상태 그대로에서 조금 더 잘난 사람으로 보이고 싶다. 그런데 현실은 그렇지 못하다. 그는 뒤를 돌아 같은 층의 사람들을 본다. 입만 나불거리는 이는 어찌어찌 위층으로 올라갔다가 지난달에 결국 제자리에 돌아와 있고, 일이 마음에 안 든다고 위층의 얼굴을 아주 잘 아는 이 앞에서 울던 여자는 맡은 일을 용케 뺐다가, 그 일이 하필 그에게 오는 바람에, 그가 맡은 일이 여자에게 갔고, 그 일은 여자에겐 더더욱 귀찮은 일이라, 결국 울기 전에 맡은 일을 도로 맡아 하고 있고, 새로 얼굴을 알게 된 사람은 복사기 앞에서 얼굴을 잘 모르는 사람들의 눈치를 살피고 있다.

그는 아이스 아메리카노를 마신다. 그는 스마트폰이 저주스럽다. 이따가 점심시간에 혼자 밥을 먹어야겠다고 그는 다짐한다. 음악이 듣고 싶다. 남자라는 동물은 태생부터 비뚤어져 성장을 할 수 없는 것일까.

「돌아갈 수 있을까?」

뭐가 그렇게 어려울까. 그는 그를 가두는 그 무언가가 궁금하다. 그는 어른스럽고 싶지 않다고 생각한다. 그냥 행복하고 싶을 뿐이다. 그는 막연히 정신과 상담을 받아야 하지 않을까, 하는 생각을 했다.

캐묻지 말자. 다른 이가 말을 하면 그냥 표면적으로 받아들이려고 노력하자. 상식이란 것은 기실 매우 주관적인 거니까. 상식이란 것은 위험한 것이다. 매우. 매우. 매우.

아까 위층에 있는 얼굴을 아주 잘 아는 이가 그에게 부려 놓고 간 말들을 곱씹는다. 미안하다가도 억울한 것은 어떤 말 때문일까. 그는 무조건 자신에게만 하자가 있는 것은 아니라고 혼잣말을 한다.

제일 무서운 것은 시간이다. 그는 같은 층에 있는 이들이 한둘씩 사라지는 것을 본다. 그의 데스크와 창밖,

아래쪽에만 불빛이 들어와 있다. 자위행위가 하고 싶다. 언젠가부터 그가 만들어낸 도피법이다.

왠지 그래야 할 것 같은 의무감이 생긴다. 그는 조금 더 진취적으로 생각했어야 했다고 생각했다. 다 어른이고 다 애다. 다 체면이 있고 다 이기고 싶어한다. 다 이기고 나면 뭐가 남을까? 만족감? 모두 사라지기를 기다리지 않고 당당하게 자위 행위를 할 수 있는 매우 프라이빗한 공간?

그는 자신이 언제부터 민폐란 것을 인지하고 살았는지 궁금하다. 살면서 참기 힘든 일도 겪는다. 그냥 사람들은 그가 만만하고 우스운 거 아닐까, 그는 확신한다. 얼마간, 계속 짜증이 난다. 덥다. 몹시 덥다.

그는 그의 주변이 부산스럽다고 생각한다. 다 생까고 살 수는 없잖아. 가슴이 답답하다. 왜 이러고 살까. 왜 그만 잘못한 사람이 되어야 하는 것인지 그는 잘 모르겠다.

은근히 표정 살피고 떠보는 거 모를 줄 알고? 그만해, 그만해, 내버려 둬! 내버려 둬!

다음 날 아침, 그는 여전히 같은 뷰를 내려다보고 있다. 데스크에 커피를 내려놓고 나자마자 같은 층의 좀 아는 이가 그에게 와서 심하게 다투었다. 항상 반복되는 주제다. 너무 힘들다. 물론 같은 층의 얼굴을 좀 아는 이도 힘들겠지.

그는 참 재미없다, 고 느낀다.

간밤에 그는 잠을 설쳤다. 라면에 청하 한 병, 영화. 오래된 영화를 봤다. 지도자들은 신神의 의미, 신을 믿는 백성들의 의미, 그것을 활용하는 지도자의 의미, 그리고 뒤뜰에 남겨진 진실에 대해 알고 있었을 것이다. 그는 그가 그 카테고리에 포함된 종목인지 궁금했다.

오늘도 쉽게 잠들진 못하겠지. 아마도. 그는 당당하게 보여야겠다고 다짐한다. 스스로 당당해야 다른 이들도 그를 당당하게 봐 준다. 매달 돈은 들어왔나? 확인하는 사소한, 그러나 매우 중요한 것조차도.

그는, 언젠가 그의 생의 작은 기로에서 그다지 영리하게 굴지 못했다고 생각한다. 지금 필요한 것을 찾아야 한다고 느낀다. 아, 씨발.

그에게 없는 것, 그가 하지 못하는 것, 그것들을 채

우고 싶다. 무시 받지 않을 수 있게.

　다음 날 그는 어렵게 늦잠을 잤다. 일어나기 싫었다. 그는 아무에게도 그에 대한 판단을 맡기고 싶지 않았다. 그가 자발적으로 판단하여, 이것이 아니라면 주저 없이 새 삶을 결정해야만 한다고 생각했다.

　그는 누워 있다가 문득 창밖에서 들어오는 햇빛에 눈이 부셨다. 부여잡고 있으면 끝내 역전할 수 없다. 손해만 더 늘어날 뿐이다. 끊을 수 있을 때, 끊어야 한다. 묵묵히 자신이 할 일을 열심히 하면 그 자리에 머물러 있을 수는 있다.

　그는 다음 날 아침에도 역시 같은 뷰를 바라보고 있다. 뭐가 사람들을 불편하게 하는 것일까. 그는 자신과 같은 부류의 사람을 만나면 참을 수 없다. 나이를 먹어서 그런 걸까? 그는 오늘 그가 원하고 있는 것이 뭘까 잠시 생각해 본다. 같은 층에 있는 얼굴을 조금 아는 이는 은근히 그를 무시했다. 막연히, 매뉴얼만 읊어대곤 하지, 진지하게 마주해 보았는가 말이야. 그냥 그런 정도로 일만 했지, 진지하게 그 문제를 들여다보았느냐 말이야. 12년 동안 단 하루도 되지 않을 거야. 그 시간을 합친 것이.

밤에 그는 한참을 걸었다. 그는 당신이 가장 믿음직스럽다는 말이 가장 듣기 좋다. 바람이 쌀쌀하다. 바람 소리는 어디서 생기는 걸까. 바람이 나무에 쓸려 나무가 흔들리고 잎사귀가 부딪힌다.

실은 바람은 소리가 없다. 그렇지? 그냥 귀에 부딪혀 나는 소리일 뿐이다. 그는 길가에 지나다니는 오토바이들을 죽여버렸으면 좋겠다고 생각한다. 개새끼들, 속도를 줄이란 말이야. 아주 위험하단 말이야.

두 번째 꿈

나는 프랑스 니스의 영주다. 나는 응접실에서 잠시 졸고 있었다. 성 앞마당엔 느릿느릿 시종이 말을 끌고 걸어가고 있었고, 멀리서 불어오는 모래바람이 하늘을 덮고 있었다.

나는 자리에서 일어나 발코니로 갔다. 발코니에선 성곽과 성 밖의 먼 땅까지 내려다볼 수 있었다. 나의 영지

내면의 칠드런

는 그리 넓거나 비옥한 곳은 아니었다. 나는 발코니에서 성벽까지 한 600걸음쯤 될까? 하고 생각했다.

모래가 땅 위에 일기 시작하자 백성들이 서둘러 짐을 챙겨 성 안으로 들어올 채비를 하고 있었다.

나의 성은 니스 동쪽 끝에 있었다. 스페인이나 영국이 물길을 타고 돌아 들어온다면 전면에서 막아내야 하는 곳이었다. 그럴 일이 드물긴 하지만.

여기에서 왕이 있는 수도까지는 이틀이면 닿는다. 그런 곳의 성의 증축을 매번 거절당하고 있었다. 이곳은 적의 함포를 받아낼 수 없는 하찮은 성벽을 가지고 있었다.

왕은 후방의 군사력이 커지는 것을 탐탁지 않아 했다. 베니스에서 왕비를 맞아 남쪽은 어느 정도 안전하다고 여기고 있었고, 니스 서쪽에 영지를 가진 앙리는 열렬한 베니스 파였다. 전쟁의 기운을 전혀 인정하지 않고 있었다. 베니스에서 프랑스의 왕비가 나오면서 그는 왕과 더욱 가까워졌고, 오히려 수도에서 남부로 이어지는 큰 길을 내는 것에 혈안이 되어 있었다. 나는 그것도 불안했다. 그 길이 열리면 수도 함락은 더욱 손쉬워진다.

나는 한참 밖을 바라보다 다시 누웠다. 깊은 시름이 감은 눈 주위에 가득했다. 문밖에 어떤 기척이 느껴졌다. 누구지?

하얀 옷을 입은 여인이 두두두 뛰어 내 옆을 휙 지나갔다. 그녀는 내가 평소에 서류 등을 넣고 다니는 가방을 메고 있었다. 첩자인가?

나는 머리가 쭈뼛 섰다. 급히 일어나 뛰었다. 그녀는 그의 침실로 도주했다. 재빨리 따라갔다. 침실은 다른 문이 없다. 그녀는 도망칠 곳이 없는 곳으로 들어갔다.

내가 침실 문 앞에 버티고 섰을 때, 그녀는 창문을 뛰어넘고 있었다. 창문 밖은 발 디딜 곳 없는 절벽이었다. 나는 창밖으로 고개를 내밀고 좌우와 아래를 돌아봤다. 그러나 그 첩자는 어디에도 없었다. 떨어졌다면 살 수 없는 높이다.

나는 시종을 불러 성 내를 뒤지라고 명령했다. 첩자가 들고 간 그 가방엔 다행히 내가 쓰던 시 몇 장과 일기 등이 있을 뿐이었다. 나는 급히 책상 서랍을 열어 봤다. 왕에게서 온 밀서, 신이 내려 준 예술적 소양, 니스 해변의 지도, 군사 배치도 등의 서류가 온데간데없이 사라졌다.

문득 그 첩자의 얼굴이 떠오르지 않는다. 누가 보냈을까. 어디로 도주했을까.

그리고 그녀는 누구일까?

*

그는 오늘도 같은 뷰를 바라보고 서 있었다. 같은 층에 있는 얼굴을 잘 아는 이의 가족 중 한 명이 죽었다. 그곳에 간 그는 그가 1년 동안 같이 일 한 얼굴을 매우 잘 아는 이와 그보다 위층에 있다가 사라졌던 얼굴을 조금 아는, 그를 몹시 무시하던 자와 복도에서 마주쳤다.

그는 당당하고 싶었다. 그리고 꿀릴 것도 없었다. 그는 1년 동안 같이 일한 얼굴을 매우 잘 아는 이에게 악수를 청했다. 1년 동안 같이 일한 얼굴을 매우 잘 아는 이는 옆의 눈치를 보면서 어, 어, 오랜만이다. 라고 어색하게, 겨우, 겨우, 악수를 받았다.

그는 다시 옆에 서 있는, 위층에 있다가 사라진 얼굴을 조금 아는 이에게 인사를 했다. 위층에 있던, 사라진, 얼굴을 조금 아는, 그를 몹시 무시하던 자는 그를 못 본 체했다. 손 뻗으면 닿을 거리에서. 그는 다시 당당하게 인사했다. 그제서야, 어, 그래. 하고 받는 인사에 그는 치가 떨렸다. 그리고 다른 한편으로는 묘한 승리감이 있었다.

이 씹새들은 왜 나를 모른 체하려고 했지, 그는 과거의 어느 때를 떠올린다. 그가 분해하고 다 죽여버리고 싶었을 때에는 그가 피해 다녔었다는 것을 그는 인정해야 했다. 인정하면 편하다.

그는 당당하게 바로 서 있는 본인이 멋지다고 생각했다. 그는 빈소로 들어가다 말고 문득, 사랑하는 사람이 있다는 것은 무지 행복할 것이라고 생각했다.

그는 다음 날 아침에 또 같은 뷰를 바라보고 있었다. 그냥 어떤 생각을 하면 무언가에 대해 가감 없이 얘기하고 싶은데, 그렇게 솔직하게 말해도 될 사람은 많지 않다고 느낀다.

사람이 어떤 문제에 봉착했을 때, 바닥으로 한번 떨어져 봐야 한다고 그는 믿고 있다. 바닥을 한 번 경험한 사람은 다른 사람들과 살아가는 행태나 자세가 다를 것만 같다. 우연히 만났는데 은근히 아우라 있는 사람, 잘생기고 멋있고, 돈도 잘 벌고 차도 좋고 집도 가진, 그런 사람이고 싶다. 그는 이런 욕망이 그 혼자만 가지고 있는 것은 아니라고 믿었다. 이 뷰가 언제쯤 아픈 상처가 될 것인가, 그는 왜 항상 이 창밖을 통해서 세상을 보고 있는 걸까.

위층에 있는 얼굴을 아주 잘 아는 이의 잔소리는 본능적으로 싫다. 그냥 그의 스타일을 인정해 주면 안 될까. 한 건은 거절해야겠다. 같은 프로젝트를 하면 불편하고 잘 해낼 수가 없다. 과감하고 단호하게 거절하고 그의 입장을 이해시켜야만 한다. 잔소리 듣고 어색하고 불편해지는 것이 그는 몹시 싫다. 그는 그가 잘 해낼 수 있을까 하는 의지에서 상처가 나면, 그는 아직 약하고 위태롭고 외로우니까, 감당할 수 없을 것이라고 생각했다.

그는 위층에 있는 얼굴을 잘 아는 이가 이해를 좀 해주면 좋겠다고 바랐다.

그는 다른 이가 그의 옆에 다가오자 본능적으로 방어적이 되었다. 그런데 사람의 표정은 묘해서, 내심과 다르게 감정을 만들어낼 때가 종종 있다. 그는 잃어버린 시간을 찾아서, 라는 소설의 주인공을 떠올린다. 찌질한 새끼, 그래도 그 새끼의 찌질함 속엔 목적이라는 게 있어 보인다. 그는 그의 말, 표정, 행동에 목적이 있었다면 불필요한 감정 소모를 하지 않아도 되었을 텐데, 하고 생각한다.

그는 지금 무엇을 할까, 잠시 생각한다. 그는 새삼 알 수 없는 벽이 참 높다고 느낀다.

그는 위층에 있는 얼굴을 아주 잘 아는 이의 말을 잘 못 이해할 때가 종종 있다. 그냥 업무를 내게 맡기면 알아서 할 텐데, 굳이 같은 서류에 이름을 올린다. 그는 위층의 얼굴을 아주 잘 아는 이의 말의 행간을 잘 파악하지 못한다.

그냥 그는 커피를 한 잔 마신다. 그는 힘주고, 에너지, 쓰지, 말자, 고 생각한다.

제발! 좀 내버려 둬! 그는 역시 말이 되어 나오지 않는, 말을 아무렇지 않은 표정으로 삼켰다.

다음 날, 건물에 가끔 오는 아주 높은 층의 잘 모르

는 이의 결재로 그의 업무용으로 그랜저 한 대가 나왔다. 하지만, 그는 여전히, 어김없이 같은 뷰를 내려다보고 있었다. 비가 온다. 그는 습관적으로 귀를 후빈다. 그는 뇌까린다. 귀 파지 마, 귀 파지 마, 그는 언제 병원에 가야 할지 잠시 고민한다.

「아파요, 많이 안 좋아요, 너덜너덜해요. 저는 남들도 다 그런 줄 알았어요.」

그는 가슴 속 어딘가가 무너지는 것을 느낀다. 아주 잠시였지만, 그는 오랫동안 애써 자신을 외면하고 있었다. 어렵게 살고 있었다.

친구들, 후배들에게 먼저 다가가지 못하는 이유가 뭐였을까. 그는 자신의 위치가 부끄러웠다. 돈이 들어오는 것과는 별개로, 그가 가지고 있는 명함에 상응하는 능력을 갖추고 있어야 한다. 그는 같은 층뿐만 아니라 다른 층에서도 미달인 사람들을 종종 본다. 그들처럼 뻔뻔하거나 멍청해서 모르거나 운이 좋았거나 하고 싶진 않다. 적어도 그는 그 카테고리에 들어가고 싶지 않다. 당당하고 싶다. 그냥 꿀리기 싫다.

누군가는 그와 상대하면서 지긋지긋했겠지? 그는 잠시 모멸감을 느낀다.

그는 다음 날 아침에도 역시 같은 뷰를 내려다 보고 서 있었다.

지난번에 버스가 깔아뭉갠 여자는 같은 층에 있는 얼굴을 전혀 모르는 이였다고 같은 층에 있는 얼굴을 아주 잘 아는 이가 말해 줬다. 많은 시간이 지났다. 그와는 상관없는 일이다. 모르는 이다. 그는 궁금하지 않았다. 굳이 얘기해 주지 않아도 괜찮은데. 갔어야 맞는 건지. 잘 모르겠다. 그는 본인을 위해 큰돈을 잘 못 쓰고 있다는 것을 문득 깨닫는다. 그 돈은 원인 불투명한 다른 곳으로 다 빠져나간다.

얼굴을 잘 알지 못하는 이들에게 간 돈은 반드시 돌아온다. 그런데 신기하게도 친척이라는 잘 아는 이들에게 간 돈은 쉬이 돌아오지 않는다. 더 달라고는 한다. 신기한 종족들이다.

그는 무슨 일수쟁이나 의처증 환자가 된 것 같은 착

각에 잠시 빠져 몸을 부르르 떨었다.

그는 옆 건물에 얼굴을 아주 잘 아는 이를 동경한다. 옆 건물의 얼굴을 아주 잘 아는 이는 그냥 자신이 원하는 것, 자기가 옳다고 생각하는 것을 그냥 해버린다. 그리고 자신이 행한 일들에 관해 변함없는 태도를 보여 주기 때문에 주변은 어느 순간 그냥 인정해 준다. 옆 건물의 얼굴을 아주 잘 아는 이는 매사에 어렵게 생각하지 않는다.

그는 다음 날에도 같은 뷰를 내려다 보고 서 있다. 그는 신호등 불빛이 하나씩 바뀔 때마다 같은 말을 내뱉었다.

「난 괜찮은 걸까?」
「난 괜찮은 걸까?」
「난 괜찮은 걸까?」
「난 괜찮은 걸까?」
「난 괜찮은 걸까?」
「난 괜찮은 걸까?」

내면의 칠드런

「난 괜찮은 걸까?」

「난 괜찮은 걸까?」

「난 괜찮은 걸까?」

「난 괜찮은 걸까?」

「난 괜찮은 걸까?」

「난 괜찮은 걸까?」

「난 괜찮은 걸까?」

「난 괜찮은 걸끼?」

「난 괜찮은 걸까?」

괜찮거나 말거나 그는 다음 날 아침에도 여전히 같은 뷰를 내려다보고 있었다. 스타벅스에서 아메리카노를 벤티 사이즈로 받아 올라왔다. 커피 맛이 참 좋다. 싸구려 재료를 쓰느니 뭐니 해도 기업의 분위기가 직원들의 기분에 영향을 미쳐 미립자를 활성화시키고 그것들이 작용해 커피를 맛있게 하지 않을까, 그는 생각해 본다. 무언가를 만들어내는 사람은 단순해야 한다. 단순하지 않으면 실수가 생긴다.

그는 데스크의 오디오 버튼을 눌러 클래식을 틀었다.

전자 제품은 국산보다 일제가 낫다. 그는 볼펜조차도 그렇다고 생각한다. 그는 오후에 있을 회의에서 어떻게 말을 해야 할지 고민이다. 무슨 말을 해야 할지 모를 땐 어떻게 해야 할까. 남자는 인정받고 살아야 한다. 중요한 사람이 되어야 인성도 좋아지고 주변을 돌아볼 여유도 생긴다. 그는 그게 몹시 고프다.

그는 데스크에 혼자 가만히 앉아 있다. 그의 마음이 초라해진다.

얼굴을 매우 잘 아는, 다른 건물에 있는 친밀한 이는 오지랖이 넓다. 뭐가 매사에 그리 짜증스러울까. 뭐가 그리 어려울까. 돈 때문인가. 그는 또 뭐가 예민한 것일까.

얼굴을 매우 잘 아는, 다른 건물에 있는 친밀한 이와는 이따가 저녁에 미팅이 예정되어 있다. 투자 유치 건으로 협의가 필요해 만날 수밖에 없다. 그는 그의 방식대로 일을 처리하고 싶고 그렇게 진행하면 어떤 의미로는 후회 따위 없을 텐데, 주변은 자꾸 이렇게 해라 저렇게 해라 강요를 한다.

그는 그 날 밤에 심한 몸살감기를 앓았다. 몸도 몸이

지만 마음을 다친 듯한 감정을 받았다. 마음을 다치게 되면 회복하는 데 많은 시간이 걸린다.

그는 이불 안에서 울음을 쏟았다. 계속 눈물이 났다. 왜 이렇게 눈물이 났을까. 서러웠다. 하염없이 운다. 밤새 운다. 열은 다 떨어지고 쑤시던 몸도 한결 괜찮아졌다. 그런데, 눈물은 그치지 않는다.

그는 눈이 아리다. 시리다. 그는 지금 그가 무엇을 할 수 있을까, 생각해 본다. 그를 할퀴어대는 언어가 저주스럽다. 그는 정작 받아내기만 할 뿐 아무에게도 소리칠 수 없다. 그는 그렇다. 누구에게 소리 지를 수 있을까.

그는 얼마나 버틸 수 있을까. 얼마나 버틸 수 있을까. 얼마나 버틸 수 있을까.

왜! 왜! 왜! 왜! 왜!

왜 그가 잘못한 사람이고 그만 긴장해야 하는 걸까. 늘 그래야 하는 걸까. 그는 누구에게 하소연할 수조차 없다.

그도 반격하고 싶다. 그 말을 다 하지 못한 것은 불쌍했기 때문이다. 그는 결근을 선택한다. 일어날 수 없다. 일어나기 싫다. 오늘도 제대로 하는 것이 없다. 그는

내면의 칠드런

잠시 재미난 상상이라도 떠오르길 바란다.

어디선가 다가오는, 쓸쓸한 기분이 있다. 외롭다. 말할 수 없는 것들이 너무 많아 외롭다.

그는 문득 화부터 난다. 어떻게 해야 할까. 이 쓸데없는 생각들을 불태워 버려야 하나. 그의 입에선 온갖 저주의 말들이 쏟아져 나온다.

끈기있게 무언가를 들여다보지 않는다고 그게 나쁜 것은 아니다. 그는 그의 방식대로 잘살고 있었다고 생각했다. 안전하게 잘살고 있었다. 그냥 무서웠다. 그냥 그랬다. 그래서 안전하기만을 바랐다. 그 정도로 괜찮을 수 있었다.

그는 무엇을 하고 싶은 걸까. 또 생각에 휩싸인다.

사람이 무언가를 알아가는 일은 다 이렇게 어려운 것일까. 왜, 안 될 거야!, 라고 가로막고만 있는 걸까. 간보지 말고, 말하고, 행동하고. 솔직하게 그냥 그렇게 살면 안 되는 걸까.

그는 중심에 서 있는 것이 무섭다. 그가 중심이 되어서 누구와 만나는 것도.

그는 왜 그냥 참고 살다가 몹시 큰일이 되고 나서야

수습을 하는 것일까.

다음 날, 그는 역시 같은 뷰를 내려다 보고 서 있다. 그는 오늘 점심에, 짜장이나 간짜장을 시켜 먹어야지, 하고 다짐한다. 다른 사람의 눈치를 보다가 내가 먹고 싶은 메뉴를 놓치진 말자고 한없이 되뇐다.

그는 이번 달 남은 며칠은 이것으로 고민해 봐야겠다고 생각했다. 이것으로 이번 달은 즐거울 수 있을 것 같다고 그는 믿었다.

그는 일 년에 몇 번 가지도 않은 탕비실로 간다. 몇 마디만 건네면 누군가가 가져다주겠지만, 지금은 직접 차를 만들어 마시고 싶다. 탕비실은 아주 협소했고 정리는 아주 잘 되어 있다. 아무도 없었다.

그는 커피 메이커에 남아 있는 커피를 개수대에 쏟아 버린다. 그리고 찬물로 헹구어낸다. 축축하게 젖어 있는 여과지를 들어내 버리고 새 여과지를 찾는다. 어디에 있는지 잘 모르겠다. 사 먹지 않고 커피를 매번 내려 마시려면 부지런해야겠다고 그는 생각했다. 그는 탕비실에 온 것을 조금 후회했다. 이런 것에 참 익숙지 않구나.

내면의 칠드런

뭔가 하고 싶거나 욕심이 나는 것을 시도해 보는 것은 설레고 또 어렵다. 레스토랑에 전화해서 예약하는 사소한 일조차도 두려움이 인다. 어쩌면 매우 단순한, 그냥 하면 되는, 오히려 그쪽이 더 반가워하는, 그런 일일 텐데도 말이다.

그는 다음 날 아침에, 또 당연히 같은 뷰를 내려다보고 있다.

그는 미팅에서 부려놓은 자신의 말들을 후회하고 있었다. 참 밖은 여전히 평화로웠고 신호등은 규칙적으로 색을 바꿔 가며 일을 하고 있었다.

왜 그랬을까. 아직도 명예욕이 있는 것일까. 그는 '아직도 내가 잘 나가고 싶다'고 생각하는 것인가. 마음이 편해져야 한다. 마음이 편해져야 한다. 하고 싶은 것을 하고 싶다는 마음이 일어야 한다. 그는 주저하지 말아야겠다고 약간, 생각한다.

위층에 있는 얼굴을 아주 잘 아는 이와 점심을 먹은 후 돌아오는 길에 말다툼을 했다. 그가 그 일로 얻은 것은 솔직함이었다. 그것을 얻은 것이라고 해야 할지도 잘은 모른다. 그만큼 그는 자기의 언행에 확신이 없다. 그러나 이번엔 결국 '내가 원하는 대로 일 처리를 해야 했다'를 보여 준 것이 마음에 들었다.

그가 아무리 성에 차지 않게 일을 처리했다고 해도 위층 사람은 내게 험한 말을 할 권리는 없다. 다른 이와 비교하면서 무시할 권리 같은 것은 없다. 그는 문득, 처음으로, '나를 사랑해야 하나?' 하는 생각을 했다.

그는 이런 생각이 우습다고 생각했다. 그냥 영화나 보면서 짬뽕 하나 시켜 놓고 소주나 한잔 하면서 스트레스를 푸는 게 그가 할 일이라고 생각했다. 결과만 보면 그럴듯하다.

그냥, 이 우주에는 만물을 움직이는 기운이 있는 것일까. 커피 생각이 났다. 인기척이 나서 뒤를 돌아보니 같은 층에 아주 먼 책상을 쓰는 이가 그의 테이블에 커피 한 잔을 놓고 돌아선다. 어제 탕비실에 그가 다녀간 것이 걸렸을까. 놓여 있는 흰 커피잔을 바라보다 보니 마시지 않아도 마음이 찼다.

그는 다시 창밖을 바라본다. 정말 원해서 하면 결국 된다. 결국 된다. 될까? 하는 특이한 말을 되뇌었다. 그

내면의 칠드런

도 모르게 입에서 뱉어져 나온 말이다.

그가 당당하지 못한 날은 어김없이 위층에 있는 얼굴을 아주 잘 아는 이가 화를 낸다. 그는 그것이 싫다. 그는 속으로 '너도 네 몫을 했으면 이런 일은 유연하게 처리할 수 있었잖아, 내가 왜 일일이 사과해야 하는 거지? 이 미친 새끼야!'라고 말했다. 아, 짜증나.

위층에 있는 얼굴을 아주 잘 아는 이는 왜 그의 의외성이나 창의적인 영업 능력을 인정해 주지 않는 것일까. 그는 왜 매번 주눅이 드는 걸까.

위층에 있는 얼굴을 아주 잘 아는 이에게 당하는 것이 오로지 그의 책임이 아닌 것은 확실하다고 그는 생각한다. 당하지 않으려면 무엇을 고쳐야 하는 걸까? 그는 지금 같은 층의 사람들도 상대하기 짜증 난 상태다. 그냥 마음대로 하라지.

종전의 일에 대해 그는 생각이 멈추질 않는다. 그 일을 왜 그렇게 해야 하는 걸까? 위층에 있는 얼굴을 아주 잘 아는 사람은 그가 보이지 않는 것일까, 지금의 그가 보이지 않는 걸까, 아직도 예전의 그들 대하듯이 그를 대하는 것일지도 모르겠다.

창밖에선 버스가 횡단보도 신호를 무시하고 우회전을 했다. 그래, 빨리 가고 싶겠지. 아니면 무의식적으로 그냥 지나가게 되는 것일지도 모르지.

'왜 나를 위해선 무엇을 하려 하지 않는 걸까.'

그는 이 생각을 말풍선처럼 창밖에 띄워 놓고 바라보다 이내 삭제해 버린다.

세 번째 꿈

나는 어느 산속에 있다. 골짜기 숲 아래 땅속에 콘크리트로 지어진 지하 벙커에 있다. 지상을 엿볼 수 있는 아주 조그만 사각 창으로만 밖을 볼 수 있다. 엿볼 수 있다고 하는 편이 더 맞겠다. 나는 아주 피폐하고 무기력한 상태다.

벙커 안은 단칸이며 낡았고 차가웠고 음침했다. 난 아주 차가운 콘크리트 침대에 누워 있다. 나는 그 침대가 몹시 차갑다고 느낀다. 하지만 불편하다거나 무언가 온기가 필요하다고 생각하지는 않는다.

창밖을 바라본다. 무성한 숲의 밑단들이 보인다. 나는 그것을 종일 바라본다. 보고 있으면 아주 가끔 작은 네모 모양의 창 앞을 지나가는 사람들의 발들이 움직이는 것을 볼 수 있다. 고요하고 춥지만 나는 드문드문 모를 이들의 발들이 지나가는 것을 보는 것으로 되었다고 생각한다.

*

그가 근간 고민하는 것은 남이 그를 어떻게 보느냐가 아니라 그가 진정 원하는 것이 있는가 하는 문제이다. 그는 그 문제에까지는 와 있다.

그는 요즘 왜 이렇게 마음이 힘든지 생각해 본다. 그는 무슨 짐을 그렇게 지고 살았는지 생각해 본다. 그는 그저 편하게 지내고 싶다고 바란다. 가볍게 응대하고, 가볍게 받고. 무겁지 않게.

약간 피곤하고 얼굴이 건조하다. 걱정은 사람을 쪼그라들게 한다. 그는 자기의 청년이 방치되었다는 것을 인정한다. 그렇다고 그것을 다 책임질 수는 없다. 그는 그 당시엔 그럴만한 이유가 있었다고 믿는다. 그는 지난날을 돌아보며 잠시 자신이 안쓰럽다. 창밖을 보던 그의 두

눈에서 눈물이 주룩 흐른다. 그는 위층에 있는 얼굴을
아주 잘 아는 이에게 그도 편하고 당당하게 얘기할 수
있다는 것을 깨닫게 해 주어야 한다고 생각했다. 해도
된다.

창밖은 여전히 신호가 들고 나고 사람과 차가 가다
서기를 반복하고 있었다. 한적할 때 어린 여자아이가 보
행 신호가 깜박이고 있었는데 급히 뛰다 넘어졌다. 부모
로 보이는 이는 주변에 없었다. 우회전을 하던 은색 소나
타가 다소 급하게 정차하였다. 아이는 조심스럽게 일어
나 잠시 고민하다가 건너기 전의 인도로 뛰어 돌아갔다.

그가 무언가 결단을 내려야 한다면, 그가 하려는 것
을 가로막는 이는 없는 것일까. 이렇게 저렇게 되어서 그
가 무언가를 결단하지 못하게 된다면 그 또한 그의 선택
인 것을 인정해야 한다. 그는 그게 넘어야 할 마음의 큰
산이라고 느낀다. 아프다. 다시 아프다.

창밖으로 파란색 머스탱이 속도를 줄이지 않고 그대
로 우회전해 빠져나갔다. 그는 그 순간 결심했다. '나는
번쩍이는 유광 블루의 머스탱으로 차를 바꿀 것이다'

위층에 있는 얼굴을 아주 잘 아는 이가 그를 호출했

다. 그는 올라가 앉혀졌고 제복 차림의 젊은 여자가 커피를 내왔다. 위층에 있는 얼굴을 아주 잘 아는 이는 웃으면서 본인의 진급을 알렸다.

유쾌하진 않지만, 그랑 크게 상관도 없는 일이었다. 그는 되는대로 축하의 말을 전했다. 위층에 있는 얼굴을 아주 잘 아는 이는 그도 지금 그가 앉아 있는 소파 방의 주인이 될 가능성이 있다고 말해 왔다. 본인이 윗선에 잘 말해 두었다고 생색까지 내면서 말이다.

위층에 있는 얼굴을 아주 잘 아는 이가 이렇게까지 생색을 내는 것을 보면 그의 진급은 결정되었다고 보면 된다.

위층에 있는 얼굴을 아주 잘 아는 이는 '성공했네, 잘만 된다면, 좀 이른 감이 있긴 한데.'라며 말을 줄였다.

그는 왠지 모르게 '성공'이란 단어가 가슴 어딘가에 걸렸다. 그렇게 기쁘지 않다. 묻고 싶다. 뭐가 성공인지. 무엇이냐에 따라 성공은 중요한 것이 아닐 수도 있다. 그렇다면 그는 어떤 성공을 바라는 것일까.

그는 그렇지만 '아, 정말 감사합니다.'라고 말하며 머리를 숙였다. 그는 순간 '난 무엇을 의식하는 걸까, 그냥 내가 하고 싶은 대로 살면 좋을 텐데, 아직인가?'라고 생각했다.

저녁에 그는 아무와도 마주치지 않은 채 퇴근을 서둘렀다. 맛있는 것을 시켜 먹을까. 영화를 볼까. 그는 로또를 사야겠다고 생각했다. 건물 앞 횡단보도에 서서 문득 그는 자기도 여기서 죽을 수도 있다고 생각했다. 신호가 바뀌고 나서도 그는 차들이 완전히 멈출 때까지 침착하게 기다렸다. 내가 건너지 않자 그냥 지나가는 차가 있었다. 참 이럴 때면 당황스럽다. 살자. 그는 입으로 소리 내어 말해 본다.

「살자. 나도 살고, 모두 살자.」

그는 로또를 만 원어치 자동으로 샀다. 집 근처에 들러 치킨을 한 마리 튀겨 놓고 청하와 소주와 하이네켄을 한 병씩 샀다. 엘리베이터 안에 들어차는 치킨 냄새가 얼마간 그를 행복하게 한다. 그는 자기의 집이 그만의 작은 아지트처럼 느껴졌다.

그는 그냥 당분간 아무와도 만나지 말까, 하고 고민

한다. 아무것도 하지 않고. 보통 다른 사람들은 어떤 것을 열망하며 사는 것일까.

「내 청년이 가여워.」

그는 말을 밖으로 꺼내었다. 그의 입에서 나온 그 말은 공기 중에 흩어지며 거실의 여기저기에 묻어 사라졌다. 문득 거실이 회색빛으로 보였다. TV와 오디오, 그가 애지중지하는 LP판들이 차갑게 식은 것처럼 기운을 잃었다. 그는 그렇게 느꼈다.
이곳은 그의 공간이다.

「내 공간!」
「내 공간!」

이 공간은 그가 그를 많이 포기해 가면서 얻은 것이다. 그는 그것에 상처가 많다.

「난 내가 가엽다!」

「난 내가 가엽다!」

「난 내가 가엽다!」

「난 내가 가엽다. 그래, 늬들은 늬들이 가엽겠지!」

아무것도 없는 이 공간은 축복일까 재앙일까. 그는 소주를 따서 잔에 채운다. 근데 그걸로 또 병을 다물 수 있다는 것을 안다.

휴대폰이 울린다. 그는 받지 않는다. 방어 기제가 잔뜩 작용한다.

앞에 놓인 소주잔이 그에게 말을 건넨다. '아무도 널 해치지 않게 해 줄게.' 그는 한 잔 시원하게 넘긴다. 집 안은 냉장고 터빈 소리만 빼면 고요하다. 이젠 반대로 그가 소주잔에 말을 건넨다.

「너무 짐스러운 마음을 인정하는 것이 너무 싫었어. 난 그렇게 소모되기 싫었어. 그걸 내가 사과할게. 그때 당당하고 진실하게 얘기하지 못한 것이 너무 후회되지만, 그걸 인정할게, 난 나만의 공간이라는 것이 매우 중요한 사람인가 봐.」

그는 벌써 소주 반병을 비우면서 앞에 가지런히 꽂혀 있는 LP를 바라본다. 그의 청소년은 팝송을 듣고 따라 부르는 것으로 행복했다. 그는 그것을 떠올렸다. 통기타 치던 그때를. 그는 기타를 치며 노래 부르는 것을 아주 좋아했다. 리처드 막스와 반 헤일런, 마마스 앤 파파스를 사랑했고 바바라 스트라이샌드를 좋아했다.

「난 행복해지고 싶어. 즐거워지고 싶고. 내가 하고 싶은 일이 무언지 알고 싶어. 근데 말이야, 그걸 어떻게 일일이 사과해. 내 청소년이 어땠는지 나는 나인데도 잘 모르겠는데. 난 아마도 그걸 마주할 용기가 없었던 듯하네.」

소주와 청하와 맥주는 끝났다. 치킨은 그대로 남아 차갑게 식어 있었다.

네 번째 꿈

따뜻한 햇볕이 내리쬔다. 평원 같기도 한 초원. 넓고 푸른 벌판에 커다란 고목들도 드문드문 있다. 나는 그들판을 가로질러 걷는다. 들판 멀리 언덕은 우거진 숲도 보인다. 내 옷차림은 가볍다. 그것이 더 기분이 좋다.

나는 문득 숲으로 들어가 보고 싶어졌다. 뭔가 좀 겁이 나긴 한다.

한참을 고민하던 나는 발걸음을 옮겨 숲으로 향했다. 숲 속은 뜻밖에 아늑한 분위기다. 나무들이 만들어놓은 그늘 사이사이로 햇빛이 비 오듯 우수수 들고 있었다.

나무들 사이사이를 돌아들어 가다 보니 기이하게도 넓은 공터가 나타났다. 그리고 그 한가운데 건물이 한 채 들어서 있었다. 3층 건물이었다. 나는 그 건물 3층에 내 방이 있다고 생각했다.

처음 보는 건물인데도 분명 그 건물 3층에 창문으로 밖을 내다볼 수 있는 해가 잘 드는 아늑한 방이 있다는 것을 안다. 나는 용기를 내어 출입구에 들어섰다. 로비에는 아무도 없었다. 바로 계단으로 올라갔다. 계단은 구식 양옥집의 나무 계단과 흡사하다. 좁고 위압감이 드는 짙은 고동색의 나무 계단.

모퉁이를 돌자 험상궂은 얼굴에 근육질이 단단한 민

소매 티셔츠의 경비가 앉아 있었다.

나는 당황했지만, 그의 눈을 애써 외면한다. 여기서 걸음을 멈추면 제지를 당할 것만 같았다. 그는 나를 노려보기만 할 뿐 특별한 행동을 취하지는 않았다. 그렇게 무사히 2층으로 올라갔다. 내 방은 분명 3층에 있다. 나는 2층 계단을 또 올라갔다. 역시 모퉁이에는 경비가 앉아 있었다. 나는 여전히 불안했지만 그대로 걸어 올라갔다. 이번에도 경비는 나를 노려보기만 할 뿐, 특별한 행동을 하지는 않았다.

드디어, 3층에 도착했다. 나는 3층의 여러 문이 늘어서 있는 것을 바라본다. 어느 방이 내 방인지 직감적으로 안다.

나는 망설임 없이 내 방문을 열었다. 문은 잠겨 있지 않았다.

안을 들여다보니, 밝은 나무색 책상과 4단 서랍장, 선인장 화분, 필기도구, 내가 사 모은 책들, 그리고 파란 이불보가 덮여 있는 내 침대가 단정하게 배치되어 있었다.

그런데 나는 선뜻 들어가지 못했다. 공기가 미묘했다. 누군가가 쓰고 있다는 느낌이 들었다. 내 방인데 내 방이 아니다. 결국 난 끝내 그 방에 들어가지 못하고 몇 발 물러난다. 내 감정과는 별개로, 나 있는 창문으로 햇살이 한가득 들어오고 있었다. 난 그 햇살이 서글프다.

*

그는 오랜만에 깊은 잠을 잤다. 어젯밤에 술을 많이 마신 탓일까. 출근 시간이 이미 멀리 달아나 있었다. 정오가 다 되어 간다. 그는 애써 전화기를 찾지 않았다. 그는 지금 분명히 행복하다고 느낀다. 그는 창밖을 바라봤다. 늘 보던 창이 아니라 내 집의 창밖 말이다.

들이치는 햇빛에 왠지 집 안의 모든 사물이 생기를 되찾는 느낌이 들었다.

「여기 내 집 맞지? 그냥 하면 돼. 그냥 저지르면 돼!」

그는 가슴 속 어딘가에서 으, 하고 저미는 아픔을 느꼈다. 그는 왜 여태 밤만 되면 라면과 햄과 소주를 허겁지겁 입속에 밀어 넣으면서 살았을까. 그는 그가 할 것

도 많고 머리도 좋은데, 매우 똑똑한 사람인데 잘 풀리
지 않았었다고만 생각해 왔다. 그는 음악도 좋아한다.

　묘하다. 뭐가 뭔지 모르는 어리둥절한 날이다. 또, 이
제부터 어떻게 해야 할지 모르는 날이기도 하다.

　소파에 앉았다. 다리를 꼬고 싶다.

「내 맘이지.」

　앉아 있는 아주 잠시가 그는 몹시 불안하다. 그는 애
써 힘줘 외친다.

「죽기야 하겠어?! 내가 안 간다고 내 인생에 큰일이
생기는 것은 아니잖아?」

　그는 지금 무엇이라도 행동해야 한다. 행동해야 한다
는 강박에 쌓였다. 지금 그의 주변엔, 그를 안심시켜 줄
누군가가 없다.

　그는 의지를 써서 무언가를 하지 말아야 한다고 다짐
했다. 그는 뭘 또 놓친 걸까, 생각한다.

「나는 잘하고 있는 걸까. 너무 안심하지 말걸, 너무 안심하지 말걸, 너무 안심하지 말걸.」

그는 이런 감정이 연속적으로 들 수 있다는 것에 새삼 놀란다. 이 작업이 영속적이 될 수도 있다고 잠시 생각한다.

그는 본능에 따라 그다음, 그다음이 겁난다는 것을 알고 있다. 그런데 그것 하나라면 그것만 해결하면 되는데 어쩌면 또다시 출발점에 서 있는 기분이 들지도 모른다.

「또다시 시작해야 하는구나.」

해결되지 않으면 아무것도 새로 시작할 수가 없다.

아, 하기 싫다. 난 누굴 극복해야 하는 걸까. 난 어떻게 해야 이것에서 해방될 수 있을까. 난 나를 어떻게 방치하고 있었을까. 어쩌면 준비라는 것을 하고 있었을까. 난 상처받지 않을 것이라고 방어하면서, 그랬을까. 그랬을까? 그랬을까?

내면의 칠드런

그는 정말 지랄하듯이 발작한다. 그리고 그건 그의 책임이 아니라고 생각했다. 그는 자기의 마음을 뒤지고 훔쳐본 이들이 나쁘다고 생각했다. 정말 그렇다고 생각한다.

그는 자기의 일탈이나 부도덕함은 자신, 개인의 몫일 뿐이라고 생각한다.

「나! 나! 나! 나! 나!」

어떻게 하지? 그는 눈의 초점을 놓치고 만다. 그는 그가 또 어떤 방향으로 표류할지 모른다고 느낀다.

아주 작지만, 매우 애써서 요만큼씩 그를 위해 방향을 틀어 놓으면 누군가가 나타나 여지없이 가져가 버린다.

싫다. 빨리 끝내고 싶어, 이따위 꺼.

「씨발, 개 씨발!」

그는 어떻게 헤쳐나가야 할까?, 하고 생각한다.

「나는 무엇을 위해서 살아야 할까. 일단 난데, 그게 중요한데, 일단 난데.」

그는 밖에서 그라는 사람의 이미지가 어떻게 그려지고 있는지 문득 궁금하다. 미덕의 늪에 빠지기 싫다.

「날 가지고 놀지 마! 왜! 왜! 왜! 난, 또 이 말을 해야 하는 거냐?!」

그는 무엇을 시도해도 이것이 해결되지 않으면 또 그의 뒷목을 잡고 늘어질 것이라는 걸 확신한다.

「난 어디에 의지하지? 난 어디에 의지하지, 난 어디에 의지하지, 왜 그렇게 살아왔지? 난 어떻게 나를 들여다보아야 할까. 내가 하고 싶은 건 다 막혀 있어!」

그는 그를 먼저 돌봐야 한다고 생각한다. 무엇이 문제일까, 무엇이 문제일까. 무엇이 문제일까.

그러다 갑자기 왈칵 눈물이 난다. 자꾸 눈물이 난다.

내면의 칠드런

자꾸 눈물이 날까. 뭐가 그리 슬픈 걸까.

그는 착각을 일단 경계한다. 해방은 그 자신이 시켜 주는 게 아니라 누군가 어떤 이가, 건물 위층에 있는 얼굴을 아주 잘 아는 이가, 이미 차에 깔려 버린 이가, 이미 죽어 돌아가 한 줌 흙이 되었을 것임이 분명한 조부가, 이제 그만 되었다고 할 때 끝나는 거다. 그는 그것을 절대 간과하면 안 된다고 곱씹는다.

너무 순수하거나 너무 무미건조했거나 내가 형편없었다는 것을 인정하기 싫었거나 무엇을 입어야 할지를 지시받는다든가 하는 파편들이 머리를 스친다. 오늘은 어떻게 살아야 하나. 내일은, 무엇을 좇아가야 하나.

그는 참 많이 울었다. 오늘은 눈물이 그칠까.

「나는 누가 구원해 줄까?」

그는 말은 혼자 또 뱉어 놓고 피식 웃는다. 그는 그게 궁금하다. 물어도 물어도 궁금하다.

스스로 잘 챙기고 살아야 하는지, 내가 무언가를 잃어야만 얻을 수 있는 평화인지, 알 수 없는 일이다.

내면의 칠드런

힘. 들. 다.

묻고 또 물어도, 답은 나오지 않고 묻기만 하는 것에
또 지쳐간다. 정말 어떻게 해야 하는지?

「난 누가 지탱해 주지? 내가 뭘 잘못했지? 내가 뭘
잘못했지? 내가 뭘 잘못했지?」

그는 문득 뭔가를 느낀 듯 정좌하고 앉는다. 아주아
주 긴 한숨을 쉰다. 담배에 불을 붙인다. 그리고 연기와
함께 아주아주 긴 한숨을 쉰다.

「내 삶, 내 것, 내 삶, 내 것. 괜찮아, 괜찮아, 난 잘 할
수 있어!」

그는 쫄 필요가 없다는 생각이 들었다.

「넌 당당해도 돼.」

스스로 말한다. 공허하다. 그래도 말해 놓고 나니 좀

　　　　　　　　　　　　내면의 칠드런

낮다고 느낀다. 그래. 긴장할 필요 없어. 두근두근하지
마. 떨쳐 버려. 그건 네 탓이 아니야, 네 탓이 아니야. 넌
당당해도 돼. 네가 하는 일은 다 합당한 이유가 있어.
아마 스트레스가 극에 달해 있어서 그럴 거야. 그들도
지쳐 가겠지?

그는 또 무엇을 해나가야 할지에 생각이 미친다.

「난 죄책감을 느낄 필요가 없어. 내가 한다면 하는
거야. 난 아픈 사람이야. 난. 아. 픈. 사. 람. 이. 야.」

이 말을 뱉어 놓고 그는 본인도 모르게 당황해서 온
몸이 굳었다. 목석처럼.

다섯 번째 꿈

어느 중세 시대 유럽의 고풍스러운 주택의 방이다.
고급은 아니다. 테레즈 라캥의 주인공이 사는 집처럼 보
인다.

나는 할머니를 돌본다. 할머니는 다락방에서 휠체어
에 앉아 한 곳을 응시하고 있다. 그런데 또 다른 할머니

가 내 할머니가 앉아 있는 휠체어를 바라보는 것이 왠지 불안하다. 해칠 것만 같은 위협적인 표정이다. 나는 그것이 불안하다. 아무것도 행동하지는 못하면서 몹시 불안하다.

*

다음 날 그는 역시 똑같은 광경을 바라보고 서 있다. 그는 힘들어하거나 시험에 빠지지 않게 지켜 달라고 돌아가신 할머니에게 마음속으로 부탁한다.

「난 나를 사랑할 권리가 있어. 난 나를 사랑할 권리가 있어. 사랑해!」

그는 갑자기 울컥해서 화장실로 뛰어갔다. 그는 펑펑 눈물을 쏟았다. 자리에 돌아오니 메모가 있어 위층에 있는 얼굴을 아주 잘 아는 이에게 갔다. 부려대는 말들을 그때그때 주워섬기고 내려왔다. 왜 이런 말들을 해대는 걸까.

내면의 칠드런

「나는 왜 우는 걸까.」

콘돔을 사야겠다고 그는 불현듯 생각한다. 쓸데는 없다. 언제 쓰지?

그는 그가 무엇을 원하고 있는지 잘 알지 못했다. 분하지만 어떤 부분을 이겨내지 못할 것을 인정해야 하는가?, 하고 잠시 생각한다. 그는 그 어떤 부분이 뭔지도 알지 못한다.

「나는 뭘 열심히 하고 싶은 걸까? 그런 게 있기는 할까?」

그는 위층의 얼굴을 아주 잘 아는 이에게 아까 일에 대해 어떤 식으로 유감의 표현을 전해야 할지가 고민이다. 그는 무형의 그 무엇을 지켜내는 게 그렇게 지상 과제였을까. 뭘 그리 방어하는 걸까.

피곤하다, 고 그는 생각한다. 출근과 동시에 지쳤다.

할머니 산소에 한번 다녀와야겠다고 그는 생각한다. 뭘 주저하고 있는 거지? 매사에 이런 식인가. 또 머리가

지친다.

「지금은 너만 생각해! 지금은 너만 생각해!」

발작적으로 말이 튀어나온다. 그는 자신이 편집증 환자가 아닐까 하고 잠시 생각한다.

그는 무작정 다시 창밖을 응시한다. 쳇바퀴 돌 듯 한결같다. 저게 이상한 건 아니잖아? 저렇게 한결같은 것이 이상한 건 아니잖아? 바뀌지 않아도 이상할 건 없잖아.

「나는 지금 괜찮은 건가?」

당연히 아닐 것이다. 이 미친 새끼. 그걸 말이라고 하나?

「난 나를 사랑할 권리가 있어!」

이것도 말이라고 하나? 무슨 고도를 기다리는 것도

아닌데. 하염없다. 정말. 그는 그의 권리를 포기하지 않고 멋지고 당당하게 서 있고 싶다고 생각했다. 그는 그러나 아직도, 지금도 무언가를 행하지 않고 걱정만 하고 있다.

그는 자신을 돌아보아야겠다고 생각했다. 지금 생각나는 것, 그것 하나, 뭐든지. 할 수 있는 것. 위층에 있는 얼굴을 아주 잘 아는 이를 용서하기로 했다. 뭐가 그렇게 눌린 것들이 많을까. 무엇이 문제일까. 뭐가 그렇게 두려운 게 많아? 숨도 못 쉬고 살았어? 외로워?

「나도 어린아이라서 나를 먼저 챙겨야 하니까. 다른 사람을 살필 여력이 없다고! 난 직무 유기가 아니라고! 날 살피지 않는 게 나에 대한 직무 유기 아닌가 말이야!」

그는 위층의 얼굴을 아주 잘 아는 이의 말들을 계속 들어줄 수 없을 것만 같았다. 그는 아킬레스건을 저당 잡히고 있는 기분이 들었다. 훌쩍 여행을 떠나고 싶다고 생각했다.

「난 날 사랑하니까! 난 날 놓칠 순 없으니까. 날 사랑하니까. 날 놓칠 순 없으니까. 난 숨도 못 쉬고 살았어! 너무 무거워!」

여섯 번째 꿈

나는 공연을 보러 와 있다. 관객석은 계단으로 이루어져 있다. 무대는 계단 아래에 있고 마치 어느 집 부엌을 옮겨 놓은 듯한 세트를 구성하고 있다. 마치 연극 무대처럼 그러나 정작 음악이 흘러나오는 곳은 그 무대 옆쪽의, 보이지 않는 사각의 공간이다. 그곳은 육각형 모양으로 깊이 파여 있다. 연주는 그곳에서부터 들려온다. 공연자를 관객들은 볼 수 없다. 연주가 끝나고 여러 사람이 우르르 연주자가 있는 곳으로 걸어 내려간다.

나는 앉아 있던 자리에서 일어나 계단 위로 올라간다. 옆쪽에 앉아 있던 중국 여자가 큰 소리로 전화 통화를 한다. 나는 그게 몹시 못마땅하다. 나는 그녀를 지나쳐 계단을 올라간다. 문득 어떤 여자가 나를 바라본다. 나는 저 여자가 내게 관심 있나?, 라고 생각한다.

나는 그렇게 지나쳐 관객석의 맨 꼭대기로 올라왔다.

그런데 그곳은 공연장이 아니었다. 고급 헬스장, 혹은 어떤 스포츠 센터나 병원의 로비 같다고 생각했다. 나는 내 구두끈이 풀린 것을 눈치채고 잠시 몸을 낮춰 끈을 묶는다. 데스크에서 여직원 혹은 아까 연주한 사람이라고 생각되는 사람이 내가 신발 끈을 묶는 것을 따뜻한 미소를 띠고 바라보고 있다.

그리고 이런저런 말을 걸어 준다.

신발 끈을 다 묶고 나서 출구로 나온다. 출구는 아래로 내려가는 아주 긴 에스컬레이터였다. 내가 내려가려 하자, 옆에 서 있던 친절한 여자는 약간 난감한 어조로 다음엔 오셔서 꼭 결제해 주셔야 한다고 말한다.

나는 깜짝 놀라며, 제가 돈을 안 냈나요?, 하고 묻는다. 그녀는 네, 하고 대답한다. 나는 데스크로 가서 신용카드로 7만 원을 결제했다. 3개월 할부로 긁으려 하다 민망해서 일시불로 낸다. 그리고 아주 긴 에스컬레이터를 타고 내려간다. 난 내려가다가 중간에 그 에스컬레이터 중간에 앉았다. 그리고 어디서 났는지 모르는 찹쌀떡을 먹었다.

문득 뒤를 돌아보자 아까의 그 여직원은 중절모를

쓴 고리타분한 정장 차림의 중년 남성으로 바뀌어 있었다. 그는 나를 배웅하고 있었고, 나는 나도 모르게 그가 나일 것이라고 느낀다. 나는 나도 모르게 익숙하게 작별 인사를 한다. 그 와중에 찹쌀떡 껍질이 떨어져 있는 것을 주워들었다.

에스컬레이터를 다 내려왔다. 난 몹시 뒤를 돌아보고 싶었지만, 끝내 뒤를 돌아보지 않고 걸어나갔다.

*

다음 날 출근한 그는 더는 창밖을 내다보지 않았다. 대신 책상 서랍에 고이고이 모셔 두었던 사직서를 꺼내 위층의 얼굴을 아주 잘 아는 이의 방 앞을 지키는 제복 입은 이에게 건네고 도로 내려왔다.

그 길로 그는 짐을 챙겨 집으로 갔다. 그는 걸려오는 전화는 일절 받지 않고 이틀을 버티며 먹고 자기만 했다. 더는 전화가 걸려오지 않자 그는 그제야 간단한 필기도구와 노트북만을 챙긴 체 집 근처 카페에 갔다.

그는 그 날, 그가 어린 시절 통기타로 즐겨 연주하던

마마스 앤드 파파스의 노래를 기억해냈고, 인터넷을 뒤
져 통기타 동호회에 가입했다.

그다음 날 그는 역시 어제 갔던 카페에 가서 인터넷
을 뒤져 가까운 부동산과 연락해 저가형 브랜드 카페를
보러 갔고, 그 자리에서 계약했다. 카페를 인수하고 남은
돈으로 파란색 머스탱을 한 대 샀다. 차가 나오는 2주를
기다리며 그는 아침에 일어나면 늘 가는 집 근처 카페에
서 종일 인터넷 바둑을 두었다. 더는 기억에 남는 꿈은
없었다.

그는 카페 화장실에서 세수하다가 무심결에 거울을
바라봤는데, 그는 웃고 있었다.

– 完 –

4:   몰지각한 거리

길을 걷고 있었다.

새벽 한 시쯤 되었을까. 맞은편에 홀로 여인이 걸어오고 있었다. 살면서 종종 이런 때를 직면하게 되는데 그때마다 성별이 男인 나는 늘 당황하곤 한다.

폭이 2m도 채 되지 않는 인도 위에 주변의 인기척이 전혀 없는 상황에서 서로 비켜 지나쳐야 한다. 여자 쪽에선 본능적으로 앞에 다가오는 남자를 경계하지 않을 수 없다. 열 번이면 열 번 모두 마찬가지다.

남자는 여인이 경계하고 있다는 것을 눈치챈 바로 그 순간부터 잠정적인 가해자가 된다. 일이 꼬여 발밑의 돌을 걷어차거나 낙엽 따위를 밟았을 때는 혐의가 짙은 잠정적 가해자가 되는 것이다.

기실 이런 경우 남자는 사회적 통념에 준하여 심리적 약자다. 그렇지 않은가.

아무튼, 나는 그날 강간이라는 것을 했다.

김진석金眞石, 30세.

직업, 전문 연주인.

학력, 대졸.

가족 관계, 父, 母, 독남.

이렇듯 나는 대한민국 테두리 안에서 잘난 것도 없는 그저 그런 평범한 주민 등록을 소유한 남자다. 남들 눈에는 직업이 다소 독특할 수 있겠다. 하지만 이름만 보아도 대번에 알아차릴 수 있듯이 나라 안에 가장 많다는 성씨를 가지고 있으며 소주로도 유명한 참 진 자에 마무리까지 단단하게 하고 있으니 그야말로 보편이요 평범이다. 다른 나라에 견준다면 마이크나 메리, 핫산이나 미야코 정도 될 것이다. 잘나가는 셀러리맨들처럼 수입이 많은 편은 아니지만, 이 바닥에선 꽤나 괜찮은 편이라 특별한 불만도 없으며 정신 병력이나 과도한 스트레스도 없으니 아무리 우발적이라 해도 내가 누군가를 해코지했다는 것이 나로서도 납득이 가질 않는다.

이틀 뒤, 나는 버티고 버티다 도저히 참을 수 없어 종로 경찰서를 찾아가 자수를 했다.

잠정적 가해자에서 실질적 가해자로, 또 이틀 뒤엔 범죄자로 타이틀을 바꾸기 직전이었던 것이다.

내가 사는 곳은 성북구 동선동이다. 그런데 굳이 종로까지 가서 자수한 것은 내가 사는 집에서 500m도 떨어지지 않은 곳에 들어가 강간범이 되는 것이 두려웠기 때문이다. 엎어치나 메치나, 이마나 마빡이나 매한가지겠지만.

자수하던 날, 나는 안국역 6번 출구로 올라와 담배를 한 대 피워 물었다. 그리고 낡아빠진 종로 경찰서를 물끄러미 바라보다 나도 모르게 뒤로 돌아 걷기 시작했다. 사람들의 활기참과 붐비는 차량의 소음에도 불구하고 담배 타들어 가는 소리가 또렷이 들렸다. 나는 바짝 곤두서 있었다. 안국역 사거리에 멈추었다. 차들이 꽉 막혀 있었다. 원래 이곳은 정체가 심한 곳이다. 광화문을 거쳐 서울의 중심으로 들어오려는 차들과 좌회전을 받아 한남대교를 건너려는 차들이 편도 2차선의 좁은 도로에 얽혀 소통이 원활하지 않은 곳이다. 건국 이래로 이 길은 넓어질 수가 없는데 앞으로도 죽 그럴 것이 분명하다. 일본 강점기에 나라의 궁궐을 가로질러 길을 만들어 놓은 데다, 남쪽으로는 국고를 들여 사들이기엔 너무 비싼 땅을 가진 사람들이 내놓을 리 없으며 북으로는 창덕궁과 창경궁이 도도하게 버티고 서 있기 때문이다. 몇 해 전 창덕궁의 정문인 돈화문의 계단이 땅 아래로 발견되어 놀라움을 금치 못했는데, 결국 원남동 사거리에서 광화문까지 이르는 길은 창덕궁 터 위로 지나가고 있는 것이다.

내 처지도 잊고 막히는 길 구석에서 담배를 두 개째 피워 물었다. 이런저런 생각이 뇌 속을 춤추며 어지럽히고 있었다. 하지만 여기까지 왔으니 가야 하는 것이다. 나는 다시 일제가 뚫어 놓은 몰상식한 길을 걸어 종로경찰서에 들어갔다.

「저……. 자수하러 왔는데요.」

「!⋯⋯. 뭐야 너!」

「야! 수배 명단 가져와 봐.」

나는 붙들려서 책상 앞에 앉혀졌다. 내 이름을 세 번이나 반복해 말하고 지갑에서 주민 등록증까지 꺼내 보이자 형사가 얼굴을 찌푸렸다. 그러고는 존댓말로 물어 왔다.

「무슨 죄를 지으셨습니까?」

담배 한 대 피워도 되겠느냐고 되물었더니 자기 담배를 하나 빼 주며 의자 등받이에 등을 털썩 부딪쳤다. 실망한 듯했다. 하지만 나는 가장 몰지각한 범죄로 전과자가 되기 일보 직전이다. 형사는 끈기 있게 내가 담배를 다 피울 때까지 기다려 주었다. 약간이지만 고마운 생각이 들었다.

「저⋯⋯. 그저께 밤에 길 가던, 여자를 범했습니다.」

「! 강간했어?」

말투는 금세 반말로 바뀌어 있었다. 잠시나마 고마웠던 마음이 허리 뒤쪽으로 숨어 들어갔다.

순경이 나를 지키고 있는 사이 형사는 파일과 서류를 한 뭉치 가지고 돌아와 앉았다.

「이름.」

「김진석입니다.」

「확실해?」

「네. 아까 확인하셨잖아요.」

그때 다른 사람이 왔다.

「여자 쪽에서 신고를 안 한 모양인데요. 없습니다. 나 참.」

「너, 전과 있어, 없어?」

「없습니다.」

형사는 몇 번이나 서류를 넘기며 내 얼굴을 뜯어봤다.

내면의 칠드런

「저, 혹시 장난치시는 거 아니죠?」

「네. 아닙니다.」

「허, 나 참. 아저씨, 아저씨가 진짜 여자를 강간했는지는 모르겠는데, 강간은 친고죄거든요. 여자가 신고해야만 댁을 잡아넣을 수 있단 말이에요. 돌아가시고 기소당하면 다시 오시든지 그 여자를 데리고 오시든지. 저희 아주 바쁘거든요. 가쇼.」

나는 주머니에서 명함 한 장을 꺼내 책상 위에 놓았다. 뭐냐고 되물어 왔다. 제가 범한 여자입니다, 손이 부르르 떨렸다. 히터가 틀어져 있어 훈훈한데도 이빨이 다닥다닥 맞부딪혔다. 나는 허락도 받지 않고 책상 위에 올려져 있던 디스 플러스를 빼 물었다.

「확인해 봐.」

형사는 옆에 있던 사람에게 명함을 건네고 일어나 커피 두 잔을 들고 왔다.

「진짜, 했소?」

「네.」

「아직 죄인도 아닌데 고개 드세요. 그러실 분으로 보이지 않아서 그러는 건데, 명함 주인이 뭐, 당신한테 헤어지자고 했다거나, 옛날 여자 친군데 결혼한다고 했다거나 이런 거면 지금 얘기하세요. 공권력 낭비하지 말고. 커피, 드세요. 커피.」

「후루룩.」

심부름 갔던 남자가 다시 돌아왔다.

「이게, 좀 이상한데요. 피해 사실은 인정하지 않고, 일단 이리 온답니다. 보통 밝히기 싫으면 다시 보러 오진 않을 텐데요.」

대충 알겠다는 듯이 비웃음을 살짝 섞어서 형사가 내게 물었다.

「형씨, 김진석 씨. 내 말 맞잖아. 실연당했소?」

「아닙니다.」

「자, 당신이 이 여자를 강간했다고 칩시다.」

형사는 남자에게서 명함을 낚아챘다.

「송진서. 아유, 직장 좋네. 이 여자 명함을 당신이 어
떻게 가지고 있어?」

「그녀가 자고 있을 때, 몰래 뺐습니다.」

「자고 있을 때? 그거 봐, 그게 사건 거지. 아니면 나
이트에서 만났나. 아무튼, 강간당하고 아무렇지도 않게
옆에서 자는 여자가 어딨어. 이 양반아.」

그날, 그러니까 이틀 전 밤에 나는 분명히 그녀를 겁
탈했다. 그건 분명한 사실이다.

그날 밤이었다. 나는 그렇게 잠정적 가해자가 되어 그
녀와 어깨를 스치듯이 지나쳤다. 일단 등 뒤로 여자를
보냈을 때 남자는 농후했던 혐의를 벗어나게 된다. 지나
쳐 가로수 간격만큼 걸어갔을 즈음 등 뒤에서 말소리가

들렸다. 보통은 그냥 무시하고 걸어갈 테지만, 새벽 한 시의 그 거리엔 그녀와 나, 그리고 간간이 헤드라이트를 번쩍이며 지나치는 차들의 굉음, 이렇게 셋뿐이었다. 나는 약간 긴장한 채 걸음을 멈추었다. 그렇다고 뒤를 돌아본 것은 아니었다. 그것은 얼마간 위험한 행동이다. 지나치는 여성의 차림새가 섹시하다거나 너무나 어여쁜 외모를 소유하고 있다거나, 공기 중에 묻어난 그녀의 향기가 고혹적이거나 할 경우라도 가능한 참고 묵묵히 앞만 보고 걸어야 한다. 마치 백미러가 고장 난 자동차처럼 나는 뒤를 돌아보지 않을 것입니다, 라고 그 순간의 지나침에서 상대방에게 무심함으로 한껏 과장되게 표현해 주어야만 하는 것이다.

여자 쪽도 마찬가지리라. 돌아볼까 말까. 저 남자가 나를 범하러 유턴을 할 것인가. 혹시 돌아보다 눈이라도 마주쳐 상황을 오히려 더 다급하게 만드는 것은 아닐까.

그때, 다시 등 뒤에서 나를 부르는 소리가 들렸다.

「괜찮으면 같이 걸어 주시겠어요?」

내면의 칠드런

그제야 나는 뒤를 돌아본다. 가로등이 나무에 가려 그녀의 형체만을 어렴풋이 드러나 보일 뿐이었다. 대꾸하지 않았다. 아니 못 했다는 표현이 더 적절하겠다.

오히려 그녀 쪽에서 나를 향해 몇 걸음 다가섰는데, 그때 나무를 비켜 그녀의 모습을 볼 수 있었다. 아래에서부터 검정 부츠에 검은 스타킹, 하얀 스커트와 검은 터틀넥 스웨터를 입고 있었고 머리는 이마를 드러낸 채 단정히 뒤로 빗겨 넘어가 묶여 있었다. 그리고 어여뻤다.

어여쁜 그녀가 점심시간이 끝나갈 때 즈음 경찰서에 모습을 드러냈다. 그때, 나를 심문하던 형사와 나는 배달시킨 설렁탕을 먹고 있었다. 실로 우스운 광경이다.

그녀는 차분한 자태로 내 눈을 피한 채 옆자리에 앉았다. 나는 그녀의 옆모습을 그대로 응시하고 있었고, 맞은편의 형사는 설렁탕 그릇 치우느라 부산을 떨었다. 대충 정리가 끝나자 형사가 그녀에게 대뜸 물었다.

「이 사람이 맞습니까?」
「……」

그녀는 오랜만에 고개를 돌려 나를 봤다.

「송진서 씨 맞으시죠?」

「내 연락처는 어떻게 아셨죠?」

「……..」

「왜 그러셨어요. 거기까지만 알아야 할 관계였는데.」

그녀가 울기 시작했다. 나와 그녀를 번갈아 보던 형사가 감 잡았다는 듯이 다그쳤다.

「여기서 울지 마세요. 형씨! 여자분 데리고 당장 나가쇼.」

그저 그렇고 그런, 가벼운 만남 정도로 이해하고 끝내려는 것이다. 나는 되지도 않게 언성을 높여 형사에게 대들었다.

「내가 이 여자를 억지로 해코지했다고! 몇 번 말해야 알겠어. 이봐, 설명해 봐.」

나는 옆에서 울고 있는 여자를 흔들면서 분을 삭이지 못하고 있었다.

한동안은 훌쩍이던 그녀가 핸드백에서 휴지를 꺼내 눈물을 닦더니 얼굴을 들어 나를 한 번 보고, 결심한 듯 형사에게 말했다.

「네. 이 사람이에요. 이 사람이 이틀 전 막무가내로 저를 강간했어요.」

순간, 난 심장이 덜컥 멎는 것만 같았다. 이 여자에겐 평생 상처가 될지도 모르는 이런 식의 상황에도 아랑곳하지 않고, 오로지 내 분을 못 이겨 그렇게도 내뱉길 원했던 두 글자인데 막상 그녀의 입을 통해 듣고 보니 너무나도 엄청나고 두렵고 무서운 말이었다.

강간強姦. 성폭력의 일종. 상대방과의 동의 없이 억지로 성관계를 맺는 일로 피해자에게 엄청난 육체적, 정신적 고통을 가져오며, 오랜 시간이 흐른 후에도 심각한 트라우마를 남긴다. 전 세계적으로 성범죄 가운데 가장 무거운 중죄로서 국가 권력에 의해 처벌된다.

나는 이런 엄청난 일을 저지른 것이다. 그리고 처벌을 자초하고 있다.

「괜찮으면 같이 걸어주시겠어요?」

그저께 밤 나는 발길을 돌려 그녀와 동행하게 된다.

「그런데 왜…….」
「왜 초면에, 그것도 야밤에, 그것도 여자 쪽에서 먼저, 뭐 그런 질문인가요?」

저쪽에서 이렇게까지 나오자 딱히 할 말이 없었다. 작업실에 밤새워 연습하려 굳게 마음먹고 담배까지 새것으로 한 갑 챙겨 나온, 나름대로 악기 연습에 의욕이 넘쳤던 나는 이런 의외의 과감한 도발에 넘어가 생면부지의 여인을 따라 걷고 있는 것이었다.

성북구청 앞에서부터 걷기 시작한 길이 어느덧 성신여대 입구 전철역 앞까지 와 있었다. 거리엔 제법 사람들이 눈에 띄었다. 새벽인데도 환한 거리의 조명은 이제 내가 같이 걸을 필요가 없음을 밝히고 있었다. 그래도 차마 한마디 안 할 수 없어 어디 사느냐고 물었다. 그런데 이 여자는 난데없이 다른 말을 건네고 있었다.

「갇혀 있다는 거 알아요?」

돈암 사거리에서 대한통운 마트를 건너에 두고 우리는 횡단보도 앞에 나란히 서 있었다. 그녀도 대한통운 마트의 불 꺼진 간판을 보고 있는 눈치였다. 딱히 건널 심산도 아니었다. 신호가 바뀌었지만 우리는 여전히 그대로 서 있었다. 그때 뒤쪽에서 한 떼의 인파가 고성을 지르며 몰려나와 자기네들끼리 서로 티격태격하기 시작하자, 그녀는 깜박이는 신호를 놓치지 않고 길을 건넜다. 나는 잠시 주저하며 뒤미쳐 따라가다 신호가 바뀌어 주춤주춤 뒤로 물러났다. 지나는 차들 사이로 반대편을 살폈다. 그녀가 내처 가 버리면 나도 발길을 돌릴 계산이었던 것이다.

그런데 그녀는 맞은편에서 이쪽을 보고 우뚝 서 있었다. 내가 건너가야 하는 것인가. 나는 약간의 모험을 감행하기로 했다. 바람도 없는 고즈넉한 가을의 한밤중에 말이다.

신호가 또 바뀌었다. 나는 건너지 않았다. 미동은 없었지만, 반대편은 흔들렸을 것이다. 그게 여자라는 것을 이십 대 청년기 십 년을 보내면서 알게 됐다. 아니나 다를까 그다음 신호에서 건너는 행인 둘 사이로 그녀가 소리를 질렀다.

「당신도 갇혀 있어요! 모두 다요. 항상 똑같지 않나요?」

그녀는 무슨 말을 계속 지껄이고 있었지만, 신호가 바뀌어 차들이 달리기 시작했기 때문에 알아들을 수가 없었다. 또 삼사 분 기다린다. 다음 턴이 왔을 때 나는 그녀를 향해 길을 건너갔다. 내가 그녀 앞에 서자 무언가 확인하려는 듯이 그녀는 내게 묻고 있었다.

「그렇지 않나요?」

내면의 칠드런

두 눈엔 눈물까지 그렁이고 있었다. 내용도 채 모르면서 대답을 안 할 수 없는 상황이다. 나는 되는 데로 고개를 끄덕이며 주머니에서 담배를 빼 물었다.

「그쪽은 뭐에 갇혀 살아요?」

이번엔 내가 걸음을 옮겼다. 하지만 다분히 같이 걷자는 암시였다. 그녀는 한 두세 발짝 정도 뒤에서 따라 걷고 있었다.

「난 악보에 갇혀 살아요.」

대꾸할 말이 이것뿐이었다.

「재즈는 자유로운 음악 아닌가요?」
「!……」
「실은 그쪽을 종종 봤어요. 재즈 클럽에 간혹 가서 듣곤 하죠. 전 소프트한 거보다는 격렬한 게 좋아요. 이를테면 소니 롤린스나 찰리 파커 같은 거요. 저도 찰리 파커처럼 자유로워지고 싶어요. 하지만 용기가 없는 거죠.」

　「즉흥 연주를 말씀하시는 거 같네요. 하지만 그것도 모두 멜로디와 코드와 마디에 갇혀 있지요. 결국에는요.」

　그녀는 홍대 앞의 재즈 클럽 '디아더스'에서 나를 처음 봤다고 했다. 내가 매주 금요일에 연주하는 곳이다. 매번은 아니지만, 그녀는 한 달에 두 번씩은 나를 보러 왔다고 했다. 늘 화장실 옆 스탠드에서 앉지도 않고 서서 맥주 한 병을 다 마실 만큼만 듣다가 나간다고도 했다. 그런데 우연히 마주쳤고 그녀 쪽에서 알아본 것이다.

　「그쪽 연주는 너무 매너가 있는 것 같아요. 다른 악기를 거부하는 것을 한 번도 본 적이 없어요.」

　「칭찬은 아닌 것 같은데요. 그러면서도 와서 연주를 챙겨 듣는 이유는 뭡니까?」

　「언제 댁이 다른 악기에 정면으로 도전하나 보려고요. 계속 받아 주기만 하면 기고만장해진다고요. 그걸 알아야죠.」

「앙상블은 게임이 아닙니다.」

「다른 사람들 배려하면서 언제 자신을 돌아보고 챙길 수 있겠어요. 나만 위하고 살아도 힘든 시대에 말이에요. 진석 씨가 갇혀 있는 그 틀을 부수고 과감하게 정면으로 치고 나와 드럼 소리로 청중들 앞에서 기승을 부리는 걸 꼭 보고 싶었단 말이죠. 어쩌면 저와 비슷한 사람이라는 착각에 빠져 있었는지도 모르죠. 자유로운 것을 선택했는데 왜 그렇게 웅크리고 있는 거죠? 난 그것을 부수는 것을 보고 싶었어요. 그래서 기다린 거에요. 지켜보고 있었다고요.」

제대로 마주친 인연이다. 문득 시계를 보니 세 시가 막 지나고 있었다. 그리고 우리가 걷고 있는 길은 서울대병원을 지나 원남동 사거리에서 창덕궁으로 가는 돌담길이다. 어쩌다 여기까지 오게 되었을까.

「네. 다음엔 그렇게 연주해 보겠습니다. 때맞춰 꼭 와주셔야 합니다.」

웃으라고 한 얘긴데 그녀의 표정은 반대로 굳어지고 있었다. 입도 굳게 다물고 앞만 보며 걷기만 할 뿐이었다. 그러니 또 별도리 없이 따라 걸을 수밖에.

「답답한 말이에요. 다음엔 부수고 나올 테니 기다리라고요?」

우리는 창덕궁 앞에 멈춰 섰다. 인적이 전무한 곳에서 야밤에 그녀는 고래고래 소리를 질러댔다.

「지금 부숴 버려요. 나를 부셔 주세요.」

나는 긴장하여 머리가 쭈뼛 곤두섰다. 자신의 몸을 내주겠단 말인가.

나는 주저하고 있었다. 그녀를 따라오게 된 동기의 깊은 곳에는 섹스에 대해 기대가 없었던 것은 아니지만, 자신을 스스로 잔뜩 짓누르고, 타인이 그것을 박살 내 주길 원하는 불손함을 간파하고 나는 내심 포기하고 있는 것이었다. 바짝 곤두서 있는 그녀를 내버려 두고 담배를 피워 물며 하늘을 올려다봤다. 맑고 맑은 별 하나가 유독 반짝이고 있었다. 그새 그녀는 창덕궁의 정문인 돈화문 앞에 걸터앉아 있었는데 순간 돈화문 위에 반짝이는 별이 그녀를 위해 존재하는 것만 같은 착각에 빠졌다.

「알데바란이야.」
「네?」

나는 대구를 하지 않았다. 다만 그 별을 바라보면서 발작적으로 담배를 빨아대고 있을 뿐이었다.

「맞아, 알데바란.」
「별자리 말하는 건가요.」

그녀는 자기를 부숴 달라던 기세는 온데간데없이 풀죽어 있었다. 왠지 모르게 나는 그제야 잠재되어 있던 본능이 물밀 듯이 치솟아 옴을 느끼며 치를 떨고 있었다.

「저 별 말하는 건가요? 유독 밝아요.」

그 말에 나는 더는 참지 못하고 그녀에게 다가가 다짜고짜 따귀를 때렸다. 그러고는 수습할 시간을 주지 않고 억지로 그녀를 어깨 위로 둘러멨다. 그리고 황소처럼 씩씩대면서 창덕궁의 주변을 살피고 있었는데, 나는 그때 담을 넘으려고 마음먹은 뒤였다. 궁궐 정면에서 좌측으로 돌아가자 매표소가 있었는데, 마침 트럭 한 대가 담벼락에 붙어 주차되어 있었고, 그녀를 둘러멨다 하더라도 어떻게든 넘을 수 있을 것 같았다. 그녀는 따귀를 맞아 쇼크가 왔는지 아무런 저항의 기미가 없었다. 어떻게 내려갈까 고민이었는데 담을 넘자 매표소 건물의 지붕이었다. 나는 그녀를 대충 굴려 지붕으로 떨어뜨리고 뛰어내렸다. 그러고는 다시 그녀를 둘러업고 유유히 사다리를 타고 내려왔다. 강간하기에는 이만큼 완벽한 장소가 있을까.

나는 땀을 흘리면서도 그녀를 업고 뛰다 걷다를 반복하며 정사를 할 만한 장소를 찾고 있었다. 아무리 몰지각한 행위를 할지라도 장소만은 그래서는 안 되는 것이다. 그렇지 않으면 일말의 용서도 구할 수 없다.

금천교를 지나 인정전을 끼고 좌회전을 하여 얼마간

내면의 칠드런

걷자 선정전이 나왔다. 잠시 고민한 후 나는 다시 걸음을 옮기기 시작했는데, 기왕이면 침실이어야 한다고 생각했기 때문이다. 조금 걷자 아담한 건물 하나가 눈에 들어왔는데 달빛에 보아도 늠름하고 다소곳했다. 지붕에 용마루가 없다. 어전임이 확실한 것이다.

「지금 내려놓으면 봐 드릴게요.」

그녀는 깨어나 있었다. 그런데 무얼 봐 준단 말인가. 나는 허겁지겁 계단을 뛰어 올라가 대청마루에 그녀를 패대기쳤다. 그리고는 바지를 까 내리고 엉거주춤 쭈그려 서서 그녀의 스커트 밑으로 손을 집어넣었다. 스커트 안은 따뜻했다. 내 성기는 잔뜩 부어올라 있었다. 스타킹과 팬티를 동시에 잡아당겨 벗겼지만 기다란 부츠에 걸려 도무지 그녀의 다리를 벌릴 수가 없었다. 그녀는 소리도 채 내지 못하고 두 팔로 스타킹 끝을 간신히 잡아채고 버티고 있었다. 나는 알 수 없는 불안감에 휩싸여 서두르고 있었다. 부르르 떨리는 손으로 그녀의 두 다리를 잡고 돌려 그녀를 엎어뜨렸다. 개처럼 그녀의 등 뒤에 올라탄 나는 막대기처럼 단단해진 성기로 그녀의 입구를 찾고 있었고, 그녀는 엉덩이를 좌우로 틀며 안간힘을 쓰고 있었다.

「악! 이 몰지각한 새끼.」

그 말에 나는 더 흥분되어 거세게 그녀를 몰아붙였다. 그녀의 몸 안은 불처럼 뜨거웠다. 나는 끝없이 빨려 들어갔다. 그러다 순간 절정에 다다랐을 때 나는 나도 모르게 이렇게 내뱉고 있었다.

「에우로페! 넌 결국 나를 떠나겠지.」

우리는 그렇게 포개져 이슬을 맞으며 잠시 졸았던 것 같다.

그녀가 깨어나기 전 나는 몰래 그녀의 핸드백을 뒤졌다. 그리고는 명함 한 장을 훔쳐 바지 호주머니에 고이 넣었다.

내면의 칠드런

나는 취조실로 생각되는 독방으로 끌려갔다. 그때부터 나는 다시 이름과 주민등록 번호와 집 주소와 직장, 학력 등을 레코더처럼 읊었다.

이름, 김진석, 나이, 삼십 세, 직업, 연주인, 학력, 대졸……. 뭐? 창덕궁? 니미, 씨팔. 둘 다 또라이 아니야?, 야! 이 새끼야, 나가, 오지 마. 그년도 내보내. 이 또라이들.

그렇게 우리는 경찰서를 나란히 걸어 나왔다. 그리고 길을 건너 김밥 천국으로 들어가 참치 김밥 두 줄을 시켜 먹었다. 묵묵히 김밥을 씹던 그녀가 웅얼거리며 먼저 말을 걸어 왔다.

「여하튼 다행이에요.」

「…….」

「실은 다음 주에 결혼해요. 마치 취직을 하는 것처럼 말이에요.」

그녀는 김밥 한 줄을 더 시켜 놓고 남 일 말하듯이 무덤덤하게 이야기를 시작했는데, 교제하는 남자가 있으며 그 상대방은 이름만 대면 다 알 만한 정치인이었다. 그녀에겐 선택권이 없었다고 했다. 왜일까. 나에게 접근할 용기가 있었다면, 결혼을 거부할 수도 있을 텐데.

「참치 김밥처럼 흔하디흔한 얘기예요.」

「그래서 부숴 버리고 싶었나요. 분명 저 같은 사람과는 다르게 살고 있을 텐데요.」

「다분히 정략적인 결합이에요. 그렇고 그런 거죠. 이미 그 사람에겐 아이가 있어요.」

아이, 란 말에 불현듯 나는 이 여자를 사랑하고 있다고 느꼈다. 이틀 만에 말이다. 그리고 나는 정혼자가 있는 사람에게 대담하게 이렇게 말하고 있었다.

「제 아이를 낳아 주세요.」

「그제 밤, 당신이 내 몸 안에 사정하면서 중얼거린 말이 생각나요. 에우로페, 그럼 당신은 그날 밤, 나를 훔친 황소인가요?」

「그날 밤, 돈화문 위에 떠 있던 별을 보았습니다. 분명 황소자리였어요. 변명이긴 합니다.」

「아니에요. 결국 소원 성취한 걸요.」

「강간당하는 게 소원이었단 말인가요?」

옆에서 김밥을 썰고 있던 식당 여자가 슬쩍 돌아봤다. 김밥집에서 나눌 대화는 아니다.

「그런 뜻이 아니에요. 또 만일 당신이 아니었다면 그런 식으로 접근하지도 않았을 거예요.」

그녀는 그런 식으로 어디로부터 탈출하고 싶었던 것일까. 그날 저녁 연주를 펑크내면서 나는 내 오피스텔에서 황도 캔 하나를 따 놓고 소주를 병째 마시고 있었다. 돈화문 위엔 지금도 알데바란이 떠 있을까.

나는 왜 그날 밤, 그녀에게 몹쓸 짓을 감행하면서 에우로페란 말을 내뱉었을까. 혹여 운명이란 것이 이런 걸까. 하지만 그녀는 이미 결혼이 결정된 상태 아닌가. 급하게 마신 술로 머리가 지끈거리는 상황에서도 나는 이런 파편 같은 의문들을 머릿속에 나열해 놓고 퍼즐 게임을 하고 있었다.

나는 삼청동에 있는 재즈 클럽 끌레에서 연주를 한 스테이지 끝내 놓고 커피를 마시고 있었다. 어느덧 봄이다. 지난가을, 나는 TV에서 어떤 정치인의 혼인을 뉴스를 통해 보았고, 겨울에는 대통령 선거가 있었는데 내가 찍은 후보는 당선되지 않았다. 그리고 설과 신학기를 거쳐 다시 봄이다.

「요즘 너무 살벌한 거 같아. 형 말이야. 거칠어. 앙상블이 안 되잖아. 아무것도 못 하겠어.」

피아니스트다.

「그럼 네가 따라와.」

피아노와 베이스는 못마땅한 기색이 역력하다. 요즘 나는 연주 때마다 멜로디 악기의 영역을 인정하지 않고 찍어 누르고 있었다. 심지어 노래의 기본적인 형식까지도 무시하면서 난잡한 연주를 일삼고 있었다. 앙상블을 방해하는 것은 분명 나였다. 마지막 스테이지에 다시 연주를 하는 와중에 나는 묘한 감정에 휩싸이게 되었는데, 내 드러밍에 먹히지 않으려고 다른 악기들이 과감하게 아웃으로 빠져 음악을 팽팽하게 만들어 가고 있었다. 나는 황홀경에 빠져 피아노와 베이스가 만들어 놓은 팽팽한 줄 위에서 이리 뛰고 저리 갈기며 통통 튀어 다녔다. 그래, 재즈는 자유로운 음악이다.

문득 송진서라는 이름이 떠올랐다. 지난가을, 창덕궁의 대조전에서 내가 강간했던, 지금은 유부녀가 된 여자의 이름이다. 그녀는 지금 잘살고 있을까.

「부숴 버리셨군요.」

연주가 끝나고 악기를 챙겨 일 층으로 막 내려왔을 때 등 뒤에서 들린 말소리다. 그녀다. 나는 오늘 연주하면서 당신이 떠올랐다고 실토했다. 갑작스러운 말이었지만 사실 아니던가.

「신혼 생활은 어떠십니까?」

그녀가 핸드백에서 담배를 빼 물었다.

「새해 기념으로 배웠어요. 그 집은 출구를 찾을 수 없는 미궁 같아요. 완전히 갇혀 버렸어요. 적진에 뛰어들었는데 아군은 단 한 명도 없는. 고립무원이에요.」

내 탓은 아니겠지만, 죄책감에 무슨 말을 내뱉을 수 없었다. 그녀는 내게 파란색 종이봉투 하나를 내밀고, 멋졌어요, 라고 말하고는 대기하고 있던 은회색 볼보 뒷자리에 올라탔다.

집에 돌아와서도 한동안 나는 편지를 개봉하지 못하고 담배만 피워대고 있었다. 판도라의 상자를 열게 되는 것 같은 두려움에 휩싸여 있었던 것이다.

나는 결국, 그 편지를 읽지 않았다. 그대로 쓰레기통에 던졌다.

한 달 사이 나는 좀 더 활발한 연주 활동을 하게 되

었다. 공격적인 연주 스타일이 여러 곳에서 호감을 산 때문이었다. 바쁜 날들의 연속이었다. 포근한 4월이다.

출강하는 학교에서 수업을 마치고 구내식당에서 늦은 점심을 먹으면서 TV를 보고 있는데, 그녀의 남편이 나왔다. 아나운서는 불법 정치 자금에 관해 설명을 하고 있었다. 경찰 소환을 피하려고 그들 부부가 도미했다는 추측성 보도 내용도 따라 나왔다.

언제고 돌아올 날이 있을 것인가. 나는 또 어느 재즈 바에서 연주를 하고 그 어느 땐가 그녀는 돌아와 내 등 뒤에서 멋졌어요, 라고 말해 줄 것만 같다. 파란 봉투의 편지는 무슨 내용이었을까. 다 식어 버린 육개장 위로 하염없이 눈물이 떨어지고 있었다.

편지 전문

창덕궁 꿈을 종종 꿔요.
그 고궁에서 우리가 함께 사는 꿈이요.
당신만 괜찮다면, 혹여 그렇게만 된다면

당신의 아이를 둘 낳아 드리겠어요.

셋은 안 돼요.

그럼 당신은 이혼남이나 홀아비가 될 테니까요.

　　　　　　　　　- 당신의 에우로페.

　　　　　　　　　　　　　- 完 -

5. 합일기원合一冀願

개를 찾습니다.

종류: 마르티스

색상: 흰색

나이: 세 살

크기: 몸길이 50cm 정도

이름: 초롱이

가족과도 다름없는 개를 찾습니다.

정말 저에게는 소중한 존재입니다.

발견하시거나, 혹시나 보호하고 계신다면 꼭 연락 주세요.

참고로 말씀드리면 우리 초롱이는

불임 수술을 받은 암컷입니다.

어떤 형태로든 돈이 되지 않습니다. 부탁합니다.

합일기원

이유를 불문하고 300만 원을 사례하겠습니다.

010-✕✕✕✕-✕✕✕✕, 02-✕✕✕✕-✕✕✕✕

편의점에 들어갔다. 말하자면 홍익 대학교 근처에 있는 세븐일레븐이었다.

편의점의 장점은 시간을 가리지 않고 늘 열려 있다는 점이며 일상생활에 필요한 물건들을 그런대로 갖추고 있다는 데 있다. 편의점에서 최고의 서비스를 받으며 구매할 수 있는 품목은 몇 되지 않는데 그중 하나가 담배이다. 물건을 고르지 않고 점원에게 말만 하면 직접 꺼내 주기 때문이다.

레종을 한 갑 사서 비닐을 뜯어내며 돌아서는데 카운터 앞에 바로 그 전단지가 눈에 들어왔다. 삼백만 원. 로또 3등쯤 당첨되면 받을 수 있을 것이다.

담배 하나를 빼 물고 어슬렁 걸어 놀이터를 통과해 좁은 골목으로 들어와서 다시 클럽 카고와 공감을 지나 좌회전하여 삼거리 포차를 좌측에 보고 길을 건너 카페 산타페를 보자마자 오른쪽 골목으로 들어섰다. 늘 지나다니는 길이다.

내면의 칠드런

이 루트는 매주 목요일에 반복되는데 재즈 클럽 워터
콕에서 연주를 마치고 내가 사사한 선생님의 연습실로
가는 길이다. 기실 갈 필요도 없는데 인스턴트 커피라도
얻어 마시며 이미 다 외워 두고 있는 연습실의 전기 스위
치와 화장실 열쇠가 제자리에 있나 없나 하는 시답잖은
여유를 즐기기 위해서다. 살면서 가끔씩 그런 안도감을
느끼고 싶을 때가 있다.

아무튼, 난 선생님의 연습실 앞에서 또다시 그 전단
지와 마주하게 되었다. 그즈음에서 나는 내 자취방과 작
업실의 월세와 관리비, 전기세, 그리고 마지막으로 통장
잔액을 머릿속으로 그리고 있었다. 부모에게서 독립한
이십 대 후반의 유명하지 않은 재즈 드러머에겐 가뭄의
단비와도 같은 숫자다. 300만 원.

한동안 그런저런 생각에 휩싸여 담배를 한 대 더 피
워 물고 있었는데 하얀색 강아지 한 마리가 모퉁이를 돌
아 타박타박 걸어 내게 다가왔다. 나는 자정이 가까운
한밤에 겹겹이 주차된 차와 고요 사이에서 강아지와 독
대하게 되었다.

서로를 잠시 마주 보며 긴장하고 있다가 나도 모르게

말을 내뱉었다.

「초롱아.」

제발 반응해라, 나는 기원했다. 개의 눈을 마주 보며 반응을 기다리는 찰나가 영원처럼 느껴졌다.

「왈, 왈.」

꼬리까지 살랑살랑 흔들어댄다. 이쯤이면 이 강아지는 마르티스이며 나이도 두 살인 어엿한 숙녀 초롱 씨임이 분명하다. 더군다나 나는 마주 보고 있는 처자의 말 못할 치부까지 알고 있는 준비된 친구이다.

다짜고짜 그녀를 안아 올려 배 아랫부분을 확인했다. 분명 처자였다. 개 주인에게 연락을 넣었다. 십 분 뒤면 나는 삼백만 원을 받게 되는 것이다. 초롱이는 내 품 안에서 편안해 보였다. 붙임성이 좋은 숙녀다.

나는 로또와도 같은 벽에 붙은 종이 한 장을 다시 한 번 읽어 내려갔다. 그러고 보니 초롱이는 참 가여운 처자였다. 타의에 의해 불임이 된 것 아닌가. 남모를 이유가 있었을 수 있으나 가혹하지 않을 수 없다. 그리고 가족이라 칭할 수 있을까.

초롱이의 주인이 왔다. 주인은 내 생각과는 달리 젊었다. 중저음의 바닥으로 깔려 오는 목소리와는 다르게 고운 피부에 어여쁜 이마를 가진 여자였다.

그녀는 초롱이를 보자마자 두 손을 쫙 벌리며 '초롱아, 이리 와 우리 딸!' 하고 외쳤고 초롱이는 내 품에서 내려와 내게 왈, 이라고 알 수 없는 말을 전하고 잠시 갈등하는 듯하더니 주인의 품으로 뽀르르 달려갔다. 그녀는 내게 정말 감사합니다, 를 다섯 번이나 말했다.

「그런데 어떻게 찾으셨어요?」

난감한 질문이다. 벽에 붙인 글을 읽고 있는데 제게 다가왔습니다, 라고 말하고 싶지 않았다.

「연緣이 있었나 봅니다.」
「훗.」

그녀는 70, 80년대 국사 선생을 마주한 것처럼 어처구니없는 표정을 지어 보였다.

「철학도이신가 봐요…….」

「틀렸습니다. 뭐, 이 시대의 남사당패 정도로 소개해 올리죠.」

「아하, 광대시군요.」

이미 농담할 사이가 되어 있었다. 절로 웃음이 나왔다. 그녀도 재치가 있는 사람임이 분명하다. 잠시 가방을 뒤적이던 그녀는 종이봉투를 내밀었다.

「여기, 사례금…….」

「받지 않겠습니다. 어떤 의미로든 상처가 되었을 겁니다. 붙임 말입니다.」

그녀는 말의 의미를 알아채고 그새 표정이 어두워졌다. 이마를 드러낸 여자의 침통함은 참 매력적이었다.

「잘 보살펴 주세요. 사례금 대신한다 치시고.」

「그쪽이 뭔데 그런 말을 하시는 거죠? 오버하지 마세요.」

화는 났으되 거칠지 않은 말투다. 따지고 보면 내가 월권이었다. 어여쁜 이마가 더 돋보였다. 나는 대꾸하지 않은 채 힐끗힐끗 그녀의 이마를 훔쳐보며 담배를 피워 물었다. 목이 컬컬했다. 이런 경우 화를 낸 쪽이 더 예민해지는 법이다. 잠시 시간이 흐르자 기어이 그녀가 말문을 열었다.

「죄송해요.」

하지만 그뿐이었다. 어여쁜 만큼 줄다리기에도 익숙한 것일까. 초면임에도 불구하고 우리는 서로를 어느 정도 인정해 주고 있는 셈이었다.

「그럼 사례금 대신 데이트나 한번 해 드릴까요?」

그녀 쪽에서는 꽤나 양보한 눈치다. 그리고 나는 마다할 이유가 없다. 자정 즈음에 고요는 깨지고 그녀가 내 앞에 앉아 있었다. 포근한 봄날의 깊은 밤이다.

*

삼청동 재즈 클럽 연주에서 나는 공간을 확보하기 위해 안간힘을 쓰고 있었다. 미디엄 업$^{Medium Up}$ 정도의 빠르기에서 우리 팀의 앙상블은 스윙을 잃고 있었다. 촘촘해진 음표들 사이에서 피아노는 이야기를 자유스럽게 하지 못하고 음흡들을 꽂아 넣고 있었으며, 베이스는 체인지^{Change}도 놓친 채 혼자 밀어붙이고 있었다. 그 사이에서 나는 팔분음표 간의 공간을 넓히지 못한 채 뻣뻣한 비트를 쏟아내고 있었다. 맵고 날카로운 음악이 재즈 클럽 안을 바짝 긴장시키고 있었다.

내가 쏟아내는 음들에 질려 비 오듯 땀을 흘리며 스테이지가 빨리 끝나기를 바라는 이 기분, 정말 싫다.

첫 스테이지가 끝나자마자 멤버들과 눈도 마주치지 않고 나는 밖으로 나갔다. 짜증이 머리끝까지 뻗쳐 올라

다스릴 수 없을 것 같았기 때문이다. 보통 때 같으면 앙상블이 만족스럽지 않았더라도 웃으며 넘어갔을 텐데, 웬일인지 요즘 들어 조금의 실수도 용납할 수 없을 정도로 바짝 곤두서 있었다. 그런 내게 팀의 피아니스트가 허브차를 한 잔 들고 올라와 내밀었다. 차는 쌉싸름하게 목을 어루만지며 아래로 내려갔다. 한여름이라 더운 날씨이지만 따뜻한 차는 마음을 어느 정도 진정시켜 주었다.

「소리가 너무 답답하지 않아요?」

이 녀석도 전통 재즈에 천착하는 친구다. 서로에게 자존심이 걸린 문제라 같은 연주자들끼리는 쉽사리 꺼내지 않는 얘기를 내게 조심스럽게 들이민 것이다. 오랜 기간을 두고 만나 온 친구가 서로 꺼내지 않던 말을 해 왔다면 나도 솔직해져야 한다. 그것이 설사 상대방에게 폐가 되어도 말이다. 진심을 진심으로 대하지 않으면 더 큰 상처를 주고받을 수 있음이다.

「많이 지쳤지? 도무지 스윙할 수가 없다. 어려워. 동일한 음표들의 사이의 일정한 공간을 어떻게 늘릴 수 있을까. 느려지거나 하지 말고 말이야.」

「여유가 없다는 말 같아요.」

「……. 여유.」

「우리 연주 쉬어요.」

　연주를 끝내고 나는 삼청 터널을 지나 성북구 쪽으로 돌아 나와 혜화동 대학로로 갔다.

　눈에 보이는 3층의 어느 김치 삼겹살집에 들어가 소주와 고기를 먹기 시작했다. 본질에 다가가기 위해 그만두긴 했다지만, 연주인이 무대를 버렸다는 것은 내심 착잡했다. 직장인이 재충전을 위해 2, 3주 쉬는 것처럼 마음 편히 생각할 일이 아니다. 쉬면 그 순간부터 나를 위해 준비된 무대는 없다. 영영 없을지도 모른다. 내 스윙과 마찬가지로 재즈판도 공간의 여유가 없는 것이다.

　이런저런 근심으로 입속에 털어 넣던 술에 몸가짐이 방만해졌다. 이젠 고기를 입에 집어넣을 기력도 없어 그저 물끄러미 홀 귀퉁이에 틀어져 있는 TV를 보고 있었다. 이영애가 나오고 유지태가 나왔다. 불현듯 목울대를 타고 뜨거운 것이 올라왔다. 나는 소리 내지 않으려고 안간힘을 쓰면서 울고 있었다. 화면 속의 유지태도 울고 있었다. 그래, 그녀와 함께 봄날은 갔다.

*

초롱이 엄마의 이름은 안윤미였다. 우격다짐으로 해석하면 어여쁜 이마를 가졌으니 이름에 진정성이 있음이다.

종로의 청계천이 바로 보이는 횟집에서 그녀와 나는 우럭 한 마리를 회 쳐놓고 마주 앉아 소주를 마셨다. 첫 데이트에 생식이라니 서로 유별나다.

「저는 데이트 한번 해 주기로 약속했을 뿐이에요. 첫 데이트가 아니라 이것으로 끝이라는 거죠.」

「그럼 다음엔 제가 데이트 한 번 해 드리지요.」

「좋아요.」

그녀는 나와 동갑이었다. 그리고 화양동에 있는 대학에서 미술을 전공하고 지금은 광고 회사에 다니고 있다고 했다. 생활 패턴이 다르고 직업이 달라도 같이 예술 계통을 전공한 터라 대화가 잘 통했다. 회를 몹시 좋아하는 것도 마음에 들었다. 그렇게 개화하는 봄의 꽃처럼 연애도 활짝 피고 있었다.

매번은 아니었지만, 그녀는 종종 퇴근하고 내 연주를 들으러 와 주었고, 그녀가 프로젝트 때문에 밤늦게까지 야근을 할 때면 나는 연주를 끝내고 광교 옆에 있는 그녀의 회사 앞에서 기다려 집까지 바래다주곤 했다. 손을 꼭 잡고 발까지 맞춰 걸으면서 말이다.

그렇게 근 한 달이 다 되어 사월 말이 다 되어가고 있었다. 여느 때처럼 나는 삼청동에서 연주를 마치고 그녀의 회사가 있는 광교 쪽으로 가고 있었다. 국세청과 영풍문고를 차례로 지나 그녀의 회사 앞까지 걸어가고 있는데 건물 입구에 있는 불 꺼진 커피숍 파라솔에 그녀가 앉아 있는 게 보였다. 담배까지 하나 피워 문 상태다. 그녀가 흡연자였던가. 여태 본 적이 없다.

직감적으로 좋지 않다는 것을 깨달았다. 그녀는 에너

내면의 칠드런

지가 넘치는 여자였다. 직장 문제로 기죽을 성격의 소유
자가 아니다. 그녀에게 다가가는 대신 전화를 넣었다.

「경호 씨. 술 한잔 해요.」
「……. 거의 다 왔어요.」

그녀는 미리 나와 있겠다고 내게 말했다. 무슨 일이
있었다는 얘기다. 그러나 이미 나와 있으나 그렇게 말하
지 않은 것은 내게 말하지 않겠다는 뜻이기도 할 터이
다. 따지고 보니 나는 그녀의 이력에 대해 아는 것이 많
지 않았다. 입사 원서에 쓸 법한 프로필을 외우고 있을
뿐이었다.

살면서 그런 식의 인간관계가 얼마나 많은가. 학벌
로 그 사람의 수준을 판단하고 재력이나 직장으로 그 사
람의 성패를 판가름한다. 또 그것에 대해 서로 인정하며
타협하여 관계가 형성되기도 전에 이미 우열이 갈려 있
는 것이다.

우리의 관계가 그런 표면적인 접근으로 이루어지지
않았음에도 여전히 내가 알고 있는 것이 그녀의 이력서

라는 점은 잠시 나를 가슴 아프게 했다. 근 두어 달 만나 오면서 우리는 무엇을 나누었단 말인가.

건물 모퉁이에서 담배를 두 대나 연이어 피워 물며 시간을 보냈다. 이쯤 되면 나도 심각해지지 않을 수 없는 것이다.

대로변에는 승객을 기다리는 택시들이 서너 대 줄지어 서 있었다. 나는 타이밍을 맞추기 위해 택시, 나비콜, 가드 환영, 대명 운수 등의 글씨들을 모조리 읽어 가며 시간을 보내고 있었다. 마지막에 서 있던 택시의 상호까지 다 읽고부터 나는 알 수 없는 불안감과 고립감에 휩싸여 어쩔 줄 모르고 당황하기 시작했다. 그때 그녀에게서 전화가 왔다. 그녀를 만나 광교를 지나 청계천을 따라 걷는다. 서로 아무 말이 없다. 그녀는 침통한 표정이다. 어여쁜 이마에서도 빛을 찾아볼 수 없다. 힘든 것인가. 무엇이.

그렇게 말없이 터벅터벅 걸어 어느덧 을지로까지 와 있었다. 나는 더이상 기다리지 못하고 그녀의 손목을 다짜고짜 낚아챈 뒤 택시를 잡아탔다. 묻지도 않고 그녀는 고분고분 응했다.

내면의 칠드런

「노량진 수산 시장으로 갑시다.」

그녀가 택시 안에서 드디어 말문을 열었다.

「수산 시장엔 왜 가요……. 회 먹으러 가나요?」
「초롱이는 잘 있어요?」

난데없을뿐더러 동문서답이었지만 어쨌든 내 입에선 그런 말이 튀어나왔다. 딱히 대답을 듣고 싶어 물은 것이 아니었다. 하지만 그 말에 그녀는 흔들리는 듯했다.

노량진에 도착해 몇몇 횟집을 돌며 우리는 횟감을 고르기 시작했다. 시장 안의 어수선한 분위기에 그녀도 마음이 안정되었는지 이곳저곳을 기웃거리며 물고기들을 관찰하고 있었다. 왜 그럴 때가 있지 않은가. 마음이 짓눌려 있을 때는 고요보다는 북적대는 재래시장이나 대학로같이 사람들도 붐비는 복잡한 곳이 더 편할 때가 있다.

도미가 제철이라는 말을 계속 들으면서도 그녀는 우럭을 먹자고 했다. 그렇다면 우럭을 먹어야 하는 것이다.

우럭과 조개탕과 소주를 앞에 놓고 우리는 또 침묵하고 있었다. 이 상황을 타개하려면 약간의 도발이 필요하다. 지루해져 있는 음악에 활력을 불어넣기 위해서 리듬을 변칙적으로 구사하는 것처럼 말이다. 하지만 그것이 주위를 환기하는 정도여야지 무리해선 안 된다는 것을 이립而立이 다 되어 가는 나이에 조금은 알고 있다.

「자, 먹자.」

그녀가 눈을 홉뜨고 나를 봤다. 역시 만만한 여자는 아니었다. 그녀는 핸드백에서 담배를 꺼내 불을 붙였다. 한술 더 떠 내게 권하기까지 한다.

「난 레종만 피워.」
「경호 씨가 나한테 반말 한 거 오늘이 처음이에요.」

한번 말을 낮추게 되면 다시 공대하는 것이 무척 어렵다는 것을 그녀도 알고 있다.

내면의 칠드런

「언짢았다면 사과하지.」

내친 김이었다. 소주를 한잔 들이켜고 다시 물었다.

「초롱이는 잘 지내나.」
「그럼요.」

그녀의 입가에 자조적인 웃음기가 배어 나왔다. 그 순간 내가 큰 실수를 하고 있는 느낌을 받았다. 다른 말을 하는 대신 나는 먹기 시작했다. 그러자 그녀도 소주 한 잔으로 입가심한 뒤 우럭을 먹었다.

나는 회를 초장에 찍어 먹었고 그녀는 고추냉이를 지나치게 많이 개어 넣은 간장에 찍어 먹었다.

처음엔 말문이 막혀 먹기 시작했는데 이젠 먹기 위해 말을 하지 않고 있었다. 배가 불러왔지만, 둘은 꾸역꾸역 음식을 입으로 밀어 넣고 있었다. 이를테면 이런 식이었다. 소주 한 잔, 회를 각자의 장에 찍어 먹고 또 소주 한 잔, 상추와 마늘과 우럭을 쌈으로 한 입, 그리고 조개탕 한 숟가락.

혼자 와서 먹는 사람들이 담담해 보이기 위해 더 그러는 것처럼 둘은 아주 의연하게 서로를 배제한 채 혼자인 것처럼 먹는 데에만 골몰하고 있었다. 어느덧 시간은 새벽 두 시가 넘어 있었다.

우럭이 동났다. 먹기 위해 먹은 것이 아니라 말문이 막혀 먹은 것이기 때문에 이쯤이면 서로 된 것이다. 영문도 모를 일에 지레 겁먹고 위축되어 있었던 나도 포식에 긴장이 풀려 버렸다. 소주는 처음에 시킨 것까지 도합 세 병을 비워 두고 있었다. 그녀의 얼굴도 불콰하게 달아올라 있었다. 너무 과식했는지 입고 있는 스커트가 불편한 기색이었다. 나는 상을 내 쪽으로 당겼다.

「다리 쭉 뻗어.」
「이런 데서 자고 싶지 않아요.」

말문이 트였으되 트인 입으로 내뱉는 말이 가관이다.

「실컷 먹었으니 이젠 싸러 가야죠. 근처에 괜찮은 데 없나요?」

그녀는 혼자서 무너지고 있었다. 평소에 완고하면서
당당한 그녀가 쉽게 내뱉을 말이 아니었다. 그녀는 내
눈을 뚫어지게 바라보고 있었고 나는 내 앞의 소주잔을
보면서 그녀의 시선을 회피하고 있었다. 저런 거친 말을
받아내면서까지 그녀와 몸을 섞고 싶지는 않았다. 그 와
중에도 내 가슴은 요동치고 있었다. 묘한 긴장감이 술상
을 사이에 두고 팽팽하게 당겨져 있었다.

「집에 데려다 주지. 나가자.」
「제가 계산할게요.」

　　그녀는 피식 웃었다. 먼저 밖으로 나와 담배를 피워
물고 겨우 한 모금을 빨았을 뿐인데 등 뒤에서 나타난
그녀가 이번엔 내 팔을 부여잡고 택시에 올라탔다.
　　택시는 후암동에 있는 힐튼 호텔로 향하고 있었고 기
사를 앞에 앉혀 놓고 그녀와 실랑이를 하기 싫어 나는
입을 다물었다. 그사이 새벽 밤의 하늘에선 비가 후두
둑 차창으로 붙고 있었고 우리는 각자의 창밖만을 보고
있었다.

차 안에서 어느 정도 차분해져 있다고 여겼던 그녀는 택시가 우리를 호텔 입구에 부려 놓고 가자마자 급해져 있었다.

그녀는 혼자 로비로 휘적휘적 걸어가더니 체크인도 하는 둥 마는 둥 키를 낚아채 오더니 내 손을 잡고 엘리베이터의 버튼을 눌렀다.

객실에 들어가 나는 그녀를 말없이 바라봤다. 그녀는 침대 끝에 걸터앉아 나를 올려다보고 있다. 그녀의 붉게 달아오른 양 볼과 충혈된 눈자위는 하염없이 복잡해 보였다. 거부할 수 없다는 것을 알았다. 또한, 어떤 형태로든 나도 원하고 있던 것이 아닌가. 하지만 여전히 결단을 내리지 못하고 있는 내 바지를 까 내린 것은 그녀였다. 앉은 상태로 그녀는 나를 잡아당기고 내 아랫도리에 얼굴을 묻었다. 그녀의 이마가 내 배에 닿았다 떨어졌다를 반복하는 동안 내 안에 짓눌려 요동치던 욕정이 복잡한 감정을 뚫고 올라왔다. 그녀의 얼굴을 감싸 쥐었다. 그녀는 더 격렬히 내 것을 빨았다. 일단 감정이 폭발한 내가 오히려 급해졌다. 나는 그녀를 잡아 침대 위로 쓰러뜨린 후 그대로 포개어져 입술을 찾았다. 그리고 그녀의 스타

내면의 칠드런

킹과 팬티를 힘겹게 아래로 내린 후 그녀 안으로 급하게 들어갔다.

몸의 절반만을 침대에 걸치고 있었던 나는 어렵게 그녀를 부둥켜안고 혼자 버둥거리다 이내 사정했다. 한동안 그렇게 그대로 걸쳐 있었다. 그녀의 몸 안은 따뜻했고 내 성기는 아직 그녀 안에 단단하게 버티고 있었다.

아련한 옛일을 추억하고 싶은 한적함이 몰려 왔다. 나는 그녀의 귀에 걸려 있는 귀걸이를 눈앞에 두고 속삭였다.

「혼인합시다.」

그녀는 고개를 돌리는 대신 누운 자세 그대로 천정을 보고 말했다.

「아까 전남편이 다녀갔어요.」
「!…….」

잠시 그 말의 의미를 가늠했지만 대꾸할 말이 떠오

르지 않았다. 말을 해야만 하는 쪽은 어차피 그녀였다.

「삼 년 전에 결혼했다가 아이를 낳지 못해 이혼당했어요.」

요즘 같은 세상에도 그런 사유로 이혼을 당하는가. 그래, 난 아직 그녀의 프로필조차 제대로 알고 있지 못했다. 하지만 중요한 것은 내 결정이 아니겠는가. 이혼녀와 혼인하지 말라는 법은 없는 것이다. 그러나 알고 보니 그것도 아니었다. 나는 그녀 위에서 내려와 옆으로 누웠고 아주 오랫동안 그녀가 천장으로 부리는 말들을 원바운드로 받아 듣고 있었다. 조곤조곤 옛날 얘기를 듣는 것처럼 말이다.

*

끌레에서의 마지막 연주를 마치고 홀로 삼겹살에 소주를 마시며 눈물까지 쏟은 나는, 허한 마음으로 혜화동에서 자취방이 있는 돈암동까지 무작정 걷고 있었다.

내면의 칠드런

버스도 끊긴 지 오래다.

한동안 그렇게 걷다 보니 지난봄의 끝자락에 힐튼 호텔 칠백구호의 천장으로부터 전해 들은 그녀의 얘기가 뇌 속을 지배했다. 참담한 심정이다.

그녀의 전남편은 그녀가 졸업한 대학의 과 선배였다. 기실 그 둘의 관계를 발전시키게 된 동기는 그녀의 일방적인 구애였다. 말이 그랬다. 한동안 그렇게 쫓아다녀도 꿈쩍 않던 그 선배는 그녀도 모르게 군에 가 버렸고, 그녀는 기어이 그가 복무하고 있는 부대의 주소를 수소문해 편지를 하기 시작했다. 그는 미술을 전공하고 있음에도 불구하고 최전방에 배치되어 비무장 지대를 들고 났다고 했다. 그렇게 편지를 보내도 답이 없던 그에게서 일년 반 만에 편지가 왔는데 그녀는 그 길로 면회를 갔다고 한다. 군대 다녀온 남자라면 다들 알겠지만, 소통이 없는 답답하고 반복되는 삶은 아무리 편해도 외롭고 힘들게 마련이다. 그렇게 외박 나온 그와 그녀는 읍내에서 하룻밤을 보냈고, 그가 군 복무를 끝마치고 복학했을 때엔 이미 그녀는 임신 중절 수술을 받은 뒤였다고 한다. 그는 젊고 건강한 혈기에 일말의 죄책감, 혹은 책임감을 느꼈는지 그녀에게 청혼했고, 그렇게 결혼을 전제로 만나며 졸업하고 취직을 했다. 그녀가 취직하자마자 그들은 결혼했으나, 어찌 된 영문인지 일 년이 다 가도록 아이가 생길 기미가 없었고 병원에선 불임 판정을 내렸다.

그녀는 또 이렇게 말했다. 제일 가슴이 아픈 말이었다.

「남편이 그때 그 소식을 듣고 나서 이틀이나 외박을 했어요. 캐묻고 싶지도 않았어요. 그때 그이는 아이를 무척이나 원하고 있었어요. 부부 생활의 전부가 아이인 것처럼요. 아무튼, 그렇게 이틀을 집을 비우고 들어와서 한다는 말이 나를 무너지게 했어요. 그가 한 말은 토씨 하나 틀리지 않고 이래요. '아이가 있으면 어찌어찌 버티며 살 수 있을 것 같았어. 병원에서 그 말을 듣고 난 고갈되어 버렸어.' 이런 말을 하는 그 사람이 야속하고 가증스럽기도 했지만 싫다는 사람과 어떻게 평생을 살아가겠어요.」

초롱이도 이혼 직후에 막 태어난 것을 분양받아 애지중지 키웠다고 했다. 그러나 그녀에게도 감당하지 못

할 트라우마가 있었는지 욱, 하는 심정으로 초롱이를 불임 시술해 버렸다. 그리곤 일주일을 울었다는 것이다.

「그리고 당신을 만난 거예요. 만일 경호 씨가 상처란 말을 꺼내지 않았다면 아마도 만나지 않았을 거예요. 엉뚱하고 무덤덤하지만, 속내는 매우 따뜻한 사람이란 거 알아요.」

그때 나는 그녀에게 전남편이 왜 찾아왔는지를 물었다. 내 딴에는 자존심을 버린 행동이었다.

「많이 어려웠나 봐요. 그동안 미안했다고 하면서, 다시 합치자고요.」

그는 미술 경매 사업에 손을 댔다가 빚만 잔뜩 안고 그녀에게 돌아온 것이다. 그녀는 그것을 수락했다.

「경호 씨를 정말 좋아해요. 하지만 전 당신과 혼인까지 할 생각은 추호도 없었어요. 제가 어떻게 누군가와

다시 시작할 수 있겠어요. 이혼녀에 불임 주제에 말이에
요.」

그때 그 말을 끝내 놓고 그녀는 무너져 내려 하염없
이 울었다. 나는 그런 그녀를 부둥켜안고 그녀의 전남편
과 이혼 전의 그녀와 초롱이까지 네 명과 함께 침대에 옹
기종기 모여 잠들었다. 그날 이후 그녀에게 연락을 하지
않았다. 그녀도 연락이 없었다.

그렇게 너덜거리며 걸어 집에 도착한 나는 술에 취한
채 씻지도 않고 여행 가방을 꾸리고 있었다. 어디론가
훌쩍 떠나야만 내 안에 요동치는 혼돈을 잠재울 수 있
을 것만 같았다.

*

다음 날 아침에 나는 세수도 하지 않고 전화기도 꺼
둔 채 가방만 하나 달랑 챙겨 들고 서울역으로 갔다. 아
무렇게나 표를 사 무작정 올라탄 기차는 영남 쪽으로 내
려가는 무궁화호였다. 정확히는 영주로 가는 직통 열차

였다. 영주엔 유명한 사찰인 부석사가 있었다.

불현듯 이곳이다, 라는 생각이 들었다. 예전에 어떤 여류 작가도 이 사찰의 이름을 빌려 소설을 내지 않았던 가. 산속에 오랜 시간 흔들림 없이 버티고 있는 지긋함을 느낄 수 있지 않을까. 내 안의 혼돈을 잠재울 그 무엇이 그곳에 있을지도 모른다.

객차 안에 사람들은 그다지 많지 않았다. 영주가 고향이거나 집인 사람들, 혹은 나처럼 부석사를 가기 위해 탄 사람들이 아닐까.

나는 하릴없이 창밖만을 바라보고 있었다. 건물과 전깃줄과 전당포 간판과 고가도로를 지나 조금 시간이 흐르자 푸르름의 연속이었다. 날씨도 쾌청하여 구경하기엔 딱 좋은 화면이다. 기차는 언젠가부터 속력을 내기 시작했는데 내 귀엔 반복되는 음들이 들리기 시작했다.

「타다악 타다악, 타다악 타다악.」

철로의 마디와 기차의 바퀴가 부딪치며 내는 소리였는데 직업이 드러머인 나에겐 묘한 쾌감을 주는 리듬으로 다가왔다. 그러면서 자연히 머릿속은 그만둔 연주 두 개와 도무지 확보할 수 없는 음표들 사이의 공간으로 가 득 차 있었다. 그 와중에 기차는 한껏 속력을 붙였다. 이 제부턴 타닥타닥, 타닥타닥도 아니고 드그드극, 드그드 극이다. 빠르기에 따라 이 소리의 간격은 줄어들었으나 소리의 둔탁함은 경쾌하고 가벼운 음으로 바뀌어 있었 다. 거기까지 생각이 도달했을 때, 나는 머리끝이 찌릿해 졌다.

가벼움! 연속된 시간의 흐름 속에 음표들을 넣는 것 이 아니라 그 흐름을 타고 이 기차처럼 가볍게 같이 굴 러가는 것이다. 나는 무언가 연주의 본질이 내 머릿속에 서 진일보하는 것을 느꼈다. 나머지는 연습이 해결해 줄 것이다.

이렇게 환희에 차 있는 동안 기차는 영주에 도착했다.

한결 가벼운 마음으로 부석사를 향해 걸었다. 속세 를 거부하는 곳 근처에 오니 모든 오감이 살아나는 것 만 같다. 문득 윤미가 떠올랐다. 그녀의 목선에 보송이 솟아있는 솜털들의 감촉, 입술로 전해지는 쫀득한 질감,

약간 허스키한 그녀의 목소리, 유난히 작은 새끼손톱. 보고 싶었다. 어제 그토록 오래 눈물을 쏟고도 보고 싶었다.

주말이 아니어서 그런지 부석사의 경내는 한산했다. 무량수전의 한편에는 저마다의 소망을 담은 기왓장이 가지런히 놓여 있었다. 언젠가 그 기왓장은 가마에 구워져 부석사 건물의 일부로 승화될 터였다. 수많은 소원이 줄지어 차례를 기다리고 있었다.

나는 2만 원을 시주하고, 내어져 온 기왓장에 '합일기원合一冀願'이라고 이미 지나간 소망을 써넣었다. 그 기와는 수많은 기와의 맨 끝자리에 놓였다.

*

그렇게 시간은 흘러가고 있었고 나도 그리움을 삭이는 데 이골이 난 상태였다. 그 와중에 나는 스윙에 집중하고 있었다. 또 그렇게 여름이 지나가고 있었다.

여름이 지나고 가을이다. 놓았던 연주도 다시 시작했다. 연주하는 사람들이 내 스윙을 주의 깊게 들어주면서 나는 살면서 가장 바쁜 가을을 보내고 있었다.

추분이 막 지나고 돌아오는 주말에 무슨 생각에선지 나는 덜컥 수컷 마르티스를 한 마리 샀다. 이 녀석은 개구쟁이였다.

신사동에서 연주를 마치고 멤버들과 함께 술을 한잔하기로 했다. 모두들 우르르 몰려간 곳은 횟집이었다. 그렇게 우리는 광어와 우럭을 시켜 놓고 소주를 마시면서 얘기를 나누었다.

「경호형, 어떻게 하면 모든 악기에 민감하게 반응하면서도 넉넉한 인터플레이가 될까요?」

「크고 넉넉하게 봐. 네 플레이가 흘러가는 건 순간이야. 지나가면 아무 의미가 없어져. 그것을 의미 있게 만들려면 크게 봐야지.」

「오! 뭔가 그럴듯한데.」

「지랄하네. 야, 다 필요 없어. 사랑해. 그리고 실연당해. 그럼 무지무지 괴롭거든. 그거 극복하고 나면 무덤덤하고 넉넉해져. 그럼 네 색소폰도 훨씬 푸근하고 단단해질걸.」

내면의 칠드런

베이스 치는 형의 말에 모두 웃었다. 나는 그 말을 듣고, 우럭을 채 입에 넣다 말고 자리를 털고 일어났다. 사람들의 만류를 뿌리치고 나와 급히 간 곳은 다름 아닌 광교였다. 그녀의 회사가 있는 곳이다.

그녀를 무작정 기다릴 심산이었다. 그녀를 마주 보려면, 그녀는 야근 중이어야 했고 남편이 데리러 오지 않아야 할 터이었다. 운에 맡기는 수밖에 다른 도리가 없었다. 전화하기엔 너무 가볍지 않은가. 요즘 세상처럼 말이다. 진정을 고하기 위해선 더 구식이 되어야 하는 법이다.

담배를 두어 대쯤 피울 시간이 지났을 때 빌딩에서 세 명이 걸어 나왔다. 그녀도 섞여 있었다.

어차피 여기까지 온 마당에 마주쳐야 하는 것이다. 같이 나온 두 사람과 갈라져 혼자가 된 그녀 앞에 내가 다가섰다. 그녀는 아연한 표정으로 그대로 선 채 한동안 나를 바라보았다. 많이 수척해져 있었다. 그 앞에 대고 나는 쓸데없이 이런 말을 던졌다.

「회나 한 점 하러 갈까.」

그녀는 잠시 내 표정을 살피더니 기어이 웃음을 터트렸다. 나도 따라 웃었다.

「뜨끈한 국물이 먹고 싶어요. 순댓국 같은 거. 사골국, 오래 우려낸 거.」
「내가 진국인 데를 알지. 종각 건너편이야.」

걸으면서 나는 그녀가 내게 왔으면 한다고 고백했다. 무덤덤하게 말이다. 그녀도 그녀의 고백을 했다. 이혼녀에 불임이고 전남편의 빚을 갚아 주느라 통장의 잔액이 제로이며 전세가 월세가 되었다고. 그리고 전남편과 다시 합치치 않았다고. 그리고 기다렸다고.

일 년이 지나고 다시 추분이 지난 그 주말에 그녀와 나는 혼인했다. 이름 없이 지내온 내 개와 초롱이까지 모두 네 식구다.

연주를 마치고 집에 들어와 아내가 자고 있는 침실 문을 살짝 열었다. 그녀는 곤히 자고 있었고 초롱이 내외도 건넛방에서 자고 있을 터이다. 냉장고에서 캔맥주를

내면의 칠드런

꺼내 들고 거실 소파에 걸터앉다 말고 탁자에 놓인 편지를 하나 발견했다. 들여다보니, 언젠가 다녀왔던 부석사에서 온 것이었다.

내가 시주한 돈이 경내의 보수 공사에 잘 쓰였다는 내용이었다. 맥주를 한 모금 마시고 나는 천장에다 가만히 이렇게 말을 던졌다.

– 합일기원

– 完 –

　나는 왜 사는 것일까? 혹은 무엇을 하면서 살고 싶은가. 그것도 아니면 지금 하고 있는 것이 맞는 것인가에 대해 몇 해 동안 끊임없이 질문을 던지며 살았다. 대통령이 한 번 바뀌었으니 그만한 시간이면 답이 나올 법도 한데, 꼭 정답이 있는 질문은 아니라는 생각이 문득 든다. 아직도 그 질문을 던지고 있다. 매일매일 써 내려가는 일기 속엔 꼭 한 문장씩 차지하는 질문.

　업이 드러머여서 그런지 화자나 주인공이 드러머인 경우가 많다. 어쩌면 미천한 견식을 들키기 싫어 잘 아는 분야를 가지고 글을 짓고 있는지도 모르겠다. 재즈는 알면 알수록 모호하고 하면 할수록 외롭다. 고독한 음악이다. 적어도 내겐 그렇다. 그래서 위에 올린 질문을 계속 반복하며 사는지도 모르겠다.

　　　　　　　　　　　　　내면의 칠드런

사람의 마음은, 사람의 마음에 행복해지고 또한 그 사람의 마음이란 것에 무너진다. 마음이란 것은 숨길 수가 없다. 가슴 저미게 아프다가도 어느 땐가 마음이 오면 언제 그랬냐는 듯 행복해지게 된다. 사랑이 비틀어지거나 관계에 있어 배반을 당하는 경우에도 마음이 존재한다면 아프지 않다. 그 마음은 남에게서 오는 것이기도 하지만, 기실 본인에게서도 오고 간다.

나는 내 마음을 언제부터 바라봐 줬을까. 그런 때는 있었을까. 대답에 자신이 없다.

이번에 추려낸 단편들은 그 마음에 대한 이야기라고 말하고 싶다. 어디서 오고 가는지는 모르겠지만, 그 마음에 대한 이야기이다. 타이틀로 선택한 '내면의 칠드런'은 내게 조금 다른 느낌의 글쓰기를 하게 했던 작품이다. 쓰면서 내내 아팠고 또 한편으론 회복되곤 했다.

세상에 무언가 내민다는 것에는 상당한 용기가 필요한 듯하다. 아직도 살면서 겪는 많은 상황들이 두렵다. 그래도 내밀고 싶다. 내 마음을. 받아주시길 부탁드린다.

2017년 7월 박형근

내면의 칠드런

2017년 07월 10일 초판 1쇄 인쇄 | 2017년 07월 24일 1쇄 발행

지은이 · 박형근

펴낸이 · 김양수

디자인 · 이정은

교정교열 · 염빛나리

펴낸곳 · 휴앤스토리 | 출판등록 · 제2016-000014

주소 · (우 10387) 경기도 고양시 일산서구 중앙로 1456(주엽동) 서현프라자 604호

전화 · 031-906-5006 | 팩스 · 031-906-5079

이메일 · okbook1234@naver.com | 홈페이지 · www.booksam.co.kr

ISBN 979-11-960228-6-0 (03800)

* 이 책의 국립중앙도서관 출판시도서목록은 서지정보유통지원시스템 홈페이지
  (http://seoji.nl.go.kr)와 국가자료공동목록시스템(http://www.nl.go.kr/kolisnet)에
  서 이용하실 수 있습니다.
  (CIP제어번호 : CIP2017016504)